だいわ文庫

サガンの言葉

山口路子

大和書房

FRANÇOISE SAGAN

やさしさのない人とは、
相手ができないことを
求める人です。

情熱的な恋愛は
七年以上続きません。

嫉妬《しっと》している人は
それを隠すべきです。
最低限の礼節《れいせつ》だと
思います。

寛容《かんよう》でない人、
心配ごとのない人、
真実を握っているような
顔をしている人、
満足しきっている人、
愚鈍《ぐどん》な人は嫌いです。

子どものころから半分大人みたいで、
大人になってからは
子どもっぽいところが抜けないのです。
ですから今でも大人の価値観のなかに
理解できないものがあります。

「世代」という言葉を
私はあまり信用していません。
結局は個人個人の
ストーリーでしかないのでは
ないでしょうか。

『サガンの言葉』 CONTENTS

はじめに　サガン――「孤独」と「愛」をテーマに書き続けた作家 ……16

破天荒な人生／サガンのまなざし／絶対知性をもつ人／弱い人／生涯のテーマは「孤独」と「愛」／文学＝人生／教科書には載せられないエレガンス

CHAPTER I Intelligence 知性と孤独

私の本のなかには
善人も悪人もいません。
とにかく私にとっては
どんな人も
脆《もろ》くて弱いのです。

相手に劣等感をいだかせない Intelligence ……32
やさしくない人 Understand ……34
差別を許さない Truth ……36
陽気さは「礼儀正しさ」 Polite ……38
「試練が人を養う」という嘘 Happiness ……40
独特のお金の使い方 Money ……44
「貯金」は汚らわしい行為 Saving ……46
政治に参加するということ Politics ……48
フェミニズムへの見解 Feminism ……50

「本来の自分」とは Self …… 52
逆のものを求める不幸 Freedom …… 54
自由とは、自立とは Denial …… 56
「欲望のない人生」への強い否定 Uselessness …… 58
「怠慢さ」にある未来 Self-confidence …… 60
いつも自信がない Rest …… 62
休みが必要なとき Honesty …… 64
誠実さは「現在」にのみある Imagination …… 66
知性とは想像力 Intension …… 70
善とは何か Drugs …… 72
すべて個人的な問題である Moral …… 74
唯一のモラルは美に

CHAPTER

II

Love

恋愛と孤独

愛することは
理解すること。
理解するというのは
見逃すこと。
よけいな口出しを
しないことです。

理解するというのは見逃すこと　Allow……78
悲しみよ こんにちは　Love……80
情熱は七年以上続かない　Passion……82
私を知ってほしいという欲求　Approval……84
たったひとりの人に　Only one……88
絶対に言えないこと　Loneliness……90
恋愛と所有欲　Possession……92
嫉妬している人へ　Possession……94
物足りない恋人　Unsatisfied……96
恋愛における裏切りとは　Unfaithful……100
愛しすぎは、愛ではない　Excess……102
笑いを共有できるか　Laugh……104
ふたりを同時に愛するとき　Romance……106
恋愛は不安定　Fuzzy……108
終わりの予感　The end……110
理想の結婚　Marriage……112
愛について述べた言葉たち　Words……114
女性の「老い」について　Age……116
「欲望の対象」にならない自分　Target……118

CHAPTER Ⅲ

Friendship

友情と孤独

とても頭の良い人に
意地悪な人はいないことを
彼に教わりました。

悪友たち Friends……122
ユーモアとは頭の良さ Humor……124
嫌いな人 Hate……126
秘密にしておくべき感情 Secret……128
相手の心をひらく質問 Innocent……130
友だちに望むもの Turn……132
頭の良い人は「意地悪」ではない Smart……134

CHAPTER Ⅳ

Literature

文学と孤独

書くということは、
すでに知っていることを
創作すること。
自分の知性や記憶、心、
好み、直感、弱さを
すべて寄せ集めること。

文学との出合い Write……138
神よりも人間への信頼 Human……140
言葉を愛す十八歳 Nobel……142
過剰なまでの才能をもった少女 Ability……148
名声と誹謗中傷の間で Fame……150
ギャンブルの破滅的な魅力 Gamble……152
死を前に知る当然の事実 Sprayed……154
「安心・安定・安全」への嫌悪 Luck……156
二十歳年上のパートナー Partner……158

話したいことがない相手　Divorce……160
無造作な美が好き　Natural……162
自分の作った生き物を見たい　Son……164
子どもがいても孤独はある　Affection……168
深い愛情をもつ人　Trust……170
人は折れてしまうもの　Sick……172
死への覚悟　Death……176
人生の小さな悲劇に面して　Destiny……178
不器用な愛情表現　Express……180
不眠、拒食症、自殺未遂　Despair……182
苦悩のなかの光　Hope……184
失われた時を求めて　Proust……186
死ぬまで私は書きます　Author……188
認めてくれる人がいればいい　Way of life……190

CHAPTER V

Identity

孤独

人は皆、
はるかに繊細で
感受性があって
孤独だと
私は思っています。

孤独だからこそ、孤独にならないように努める Lonely……194
大勢のなかの孤独 Alone……196
相手の本当の姿が見えるとき Alcohol……198
自分の痛みは自分だけのもの Pain……200
人間を深く掘り下げたい Blame……202
肩書はいらない Title……204
すべての人が愛おしい Sentiment……206
私をひとりぼっちにしないで！ Lonesome……208
ひとりで眠ってはならない Sleep……210
生きることへの怖れ Anxiety……212

おわりに……216
フランソワーズ・サガン略年表……226
サガンの作品、おもな参考資料……228

はじめに

サガン――「孤独」と「愛」をテーマに書き続けた作家

フランソワーズ・サガン。
世界的に有名なフランスの作家。

十八歳のときに書いた『悲しみよ こんにちは』が爆発的にヒット、十代にして世界的な名声と莫大《ばくだい》な印税を手にし、文学の才能はもちろん、その若さと、インパクトのあるライフスタイルによって時代のアイコンとなりました。

育ちの良さから滲《にじ》み出る品格があり、なのに、破天荒な生活を楽しむ。そのギャップ、複雑でとらえ難い魅力に、好き嫌い含めて、多くの人が夢中になりました。

ブリジット・バルドーに先駆けて南仏サントロペを洒落《しゃれ》た避暑地にし、ラフなファッションでバカンスを楽しむショートカットのサガン。煙草を吸いウイスキーを飲み、夜のパリの顔になって、多くのセレブリティとつきあうリトルブラックドレスのサガン。気が向かなければ、途中で席を外してしまう気ままなサガン。まるで恋人のようにスポーツカーを愛するサガン。お金に執着せず、お金が欲しいと言われれば誰にでもあげるサガン。

サガニスト。

これはサガン風のライフスタイルを真似した人たちのこと。サガンは流行作家にとどまらない、社会現象でした。

生涯書き続けた小説のテーマは「孤独」と「愛」。

サガンの人生の真ん中には、いつだって「書く」ことがあり、それが彼女のすべてでした。

破天荒な人生

一九三五年六月二十一日、フランス南西部のカジャール生まれ。「フランソワーズ・サガン」はペンネームであり、本名はフランソワーズ・クワレーズ。家は裕福で、三人きょうだいの末っ子のサガンは家族からの愛情をうけて、パリとカジャールとで幸福な少女時代を過ごします。

十代で成功を手にして、スター作家として世間の注目を浴び、その期待に応えるかのように、アルコール、ギャンブル、浪費、病気、薬物問題……などいくつもの「伝説」あるいは「スキャンダル」を創り出してきました。

私生活では、二度の結婚と離婚、息子がひとり、数多くの恋人たち。後半生は麻薬所持で有罪となったり、健康を害したり、経済的に困窮するなど、苦難に満ちていました。

二〇〇四年、六十九歳で、病気のため亡くなりました。

サガンのまなざし

サガンは、ものすごい美人というわけではないけれど、彼女に会った人はもちろん、会ったことのない読者も彼女に強く惹《ひ》かれました。

とにかく頭の回転が速い。どんなインタビューでも、相手が何を求めているかを瞬時に判断し、エスプリの効いた答えを返す。

まなざしの色彩もくるくると変わります。相手を見守るかのようだったり、いたずらを楽しむ子どものようだったり、メランコリックな大人の女性のようだったり、世界中の深刻なことをひとりで引き受けているようであったり。

くるくると変わりながらも、つねに、どこまでも「寛容」。

無造作なショートカット、長めの前髪の下に、そのまなざしはありました。

多くの人が魅了されるのも当然、じつに魅力的です。

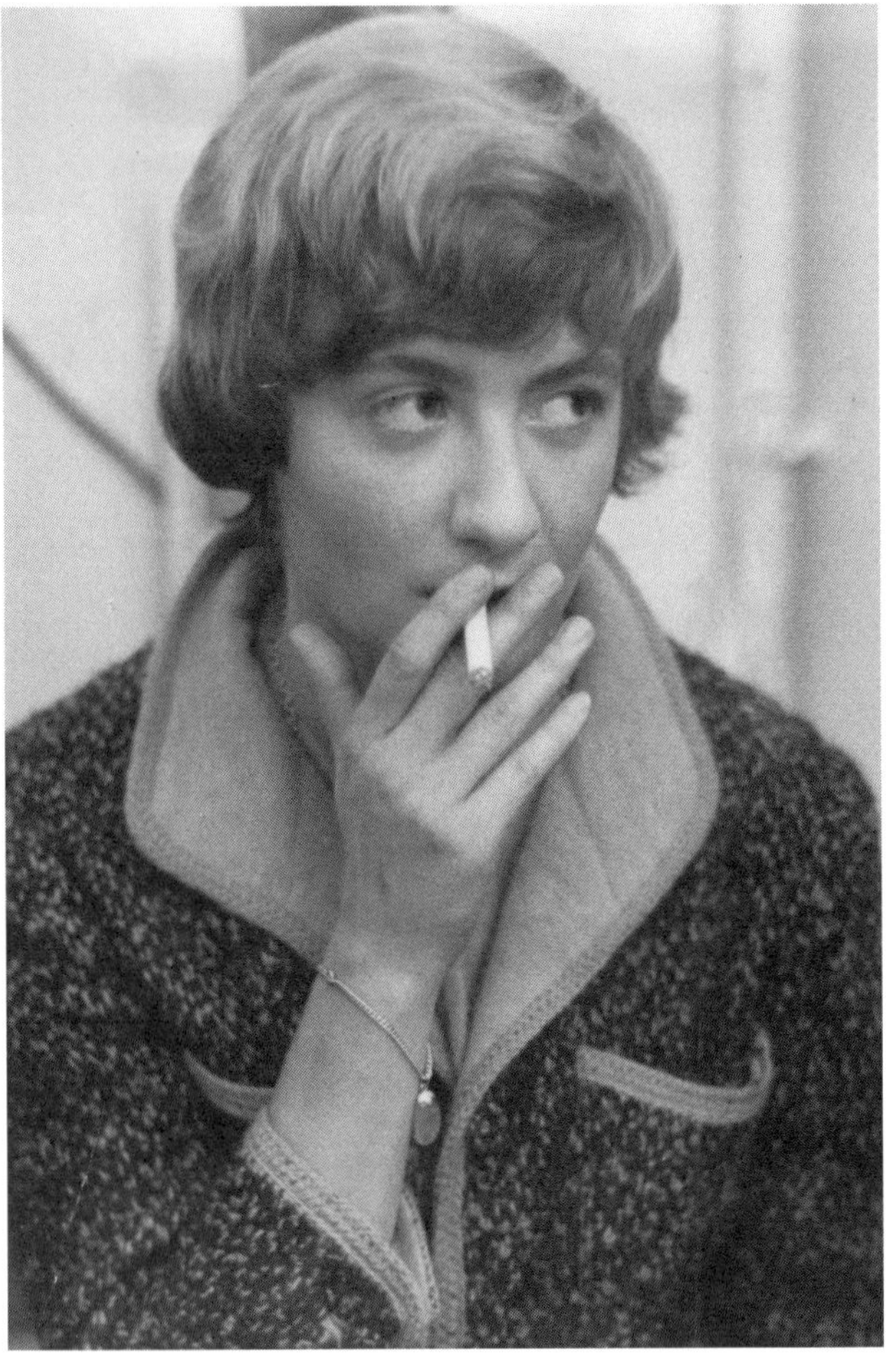

絶対知性をもつ人

サガンのまなざしの底にあるもののひとつは「知性」。絶対知性ともいうべき、それほどの知性です。

知性。

これはサガンを知る人たちがサガンを語るときによく使う言葉です。「彼女ほど知的な人はいない」「彼女は本当の意味で知性の人だった」「たちまち彼女の知性の虜《とりこ》になった」……。

けれど、知性とは何なのでしょう。

ひとつの答えが、晩年の作品『愛をさがして』のなかにあります。

――あなたにとって知性とは？

――ひとつの問題に対して、多くの視点から考えられる能力。視点を変えて学ぶことができる能力。

知性というと、どこかひんやりとしたイメージがあるかもしれないけれど、サガンの場合は真逆で、作品を読むとそれがよくわかります。サガンの小説を読んだあとは、なんともいえない心地よさ、あたたかさに、まるで抱擁されているかのような気分になります。

知性とは何か。

それはサガンが作品のなかで言うように、物事を多様な角度から見ることができる能力なのでしょう。

知性の人は、ひとつの事柄に対して、さまざまな視点で考えることができ、必要があれば、自分の考え方を変える柔軟性があり、自由であることを願い、だからほかの人の自由を尊重し、つねに自分自身を見つめ疑うという作業をしている人なのでしょう。サガンのように。

弱い人

けれど、「知性の人」は、ほかにもいます。

サガンの場合はここに「人間の弱さ」が加わります。

弱さ。

これは「知性」と同じくらいの温度でサガンのあのまなざしの奥底にあるもののひとつです。

サガンは傷つきやすく繊細で、不安を抱え、孤独を恐れていました。言葉の定義の問題はあるけれど、世間一般の観点で「強い人」か「弱い人」かと問われれば、サガンは「弱い人」になるでしょう。

ギャンブルは趣味としても、薬物やアルコールに依存したことは彼女の弱さを物語っています。

サガンは、人間の弱さをよく知っていました。身をもって知っていたからこそ、人間の弱さというものを貶《おとし》めるのではなく、そこにあるものとして、抱きとめることができたのです。

輝くばかりの「知性」にこの「弱さ」が加わったとき、あの魅力的な、相手を翻弄《ほんろう》するようで、けれど、どこまでも深く、やわらかな、あのまなざし、「寛容」なまなざしが生まれるのでしょう。

生涯のテーマは「孤独」と「愛」

サガンは、人間が好きでした。

「その人」の社会的地位や属しているグループなどにはまったく興味がなく、いつだって「その人、個人」として相手を見ました。

サガンがもし履歴書のフォームを作成するなら、そこに、どこの大学を出たとかどんな職歴があるとか、そういうことを書く欄を設けないでしょう。

代わりに、どんな本を読んでいるのか、恋をしているか、どんなことで幸福を感じ、どんなことで心が引き裂かれるのか、どんなときに孤独を感じるのか、そういう欄を設けるでしょう。

「私が興味をもつものは、念を押して言うと、人間と孤独、あるいは人間と愛の関係です。それが人間の存在の基盤になっているのは確かです」

サガンが生涯をかけて追い求めたのは「人間の真の姿」。欠かせないのが「孤独」と「愛」でした。

サガンはそれを遠いところから眺めるのではなく、それを引き受け、身を投じ、満身創痍《まんしんそうい》となりながらも、見つめることをけっしてやめず、書いたのです。

「孤独」は「人間であること」と同義語で、「自分自身とともにあること」。

孤独であるのは、だから当然のこと。それは充分承知しているけれど、自分以外のほかの人がいないと、さびしくてどうしようもないときがある。そのさびしさにたまらなく弱かったのが、サガンという人でした。

文学＝人生

海辺でなにげなく広げた本、詩人ランボーの『イリュミナシオン』を読み、雷にうたれたようになったサガンは、確信します。

「文学こそすべてなのだ。そして、そうと知った以上、ほかにすべきことはなかった」

サガンは、まさに、この言葉のまま生きました。

そう、サガンの人生はすべて、書くためにありました。書くことが唯一、彼女のバックボーンとなっていました。生きる支えであり、生きたいと思わせるものであり、情熱そのものだったのです。

文学に対する愛。文学に人生を捧げた、その生き方は胸にせまるものがあります。そして、その生き方、彼女の考え方は世間と衝突することも多く、受けなくてもいい傷を負うこともありました。

また、「不足」を嫌い「過剰」を愛したその人生は、実際、彼女の体を傷つけもしました。

それでも彼女は最後の最後まで、自分自身の生き方を貫きました。男を愛し女を愛し、孤独にふるえながら、孤独を見つめ続け、人間の真実を追求し、そして、書きました。

精一杯、自分自身に忠実に、自分のしたいことをして生きた。その姿は、やはり愛《いと》おしく、そして美しいです。

教科書には載せられないエレガンス

薬物所持で逮捕されたときの言葉、「破滅するのは私の自由よ」。たとえこれが深いところで真実をついていたとしても、教科書には載せられないセリフです。そう、サガンの人生は教科書には載せられない、「よい子のお手本」にはならない人生なのです。

それなのに、いいえ、だからこそサガンの言葉には、どうしようもない真実があります。

サガンの言葉は、恋愛観にしても幸福観にしても、そのあたりによくある聞き慣れた言葉とは、まったく違います。

違う角度から光が当てられていて、それは一瞬ぎくりとさせられたりもするけれど、そのあとで、気づかされます。考えさせられます。深く、心に残る何かがあるのです。

そして、ここ重要ですが、まったく、説教くさくない。サガン本人が説教、道徳律、慣習などを嫌っているのだから当然だし、さらに言えば、破天荒な人生を走っているのだから説教は似合わない。説教臭ゼロで、サガンはじつにエレガントに、ものごとの本質をつきます。

そしてその類《たぐい》まれな文学的才能で、人間の真実を、その心の動きを、するどく、繊細に、美しい言葉で描き出します。

その言葉には嘘がなく、人生についての根本的な問いかけがあります。だから、ある種の人たちにとっては、とても心に響くと思います。

内面的に揺れ動いている人。
つねに自問している人。
自由でありたい、と強く願う人。
結局のところ人は孤独なのだ、とふるえる夜がある人。
誰にも理解されない、と感じる人。

何かをする「理由」を考えることが多い人。

「善」「悪」の基準は曖昧《あいまい》だと思う人。

テレビが嫌いな人。

この恋愛もいつかは終わる、と熱愛中にも客観視してしまう人。

偏見を嫌う人。

慣例に盲従する人を見るといらつく人。

集団狂気《マス・ヒステリア》に用心している人。

陰影のある人。

精神的に豊かな生き方をしたいと願う人。


ここにサガンの言葉を集めました。

「人間はひとり孤独に生まれてきて、ひとり孤独に死ぬのです。だからその間はなるべく孤独にならないよう努めるのです」

読者の方の孤独とサガンの孤独が共鳴し、あの、ゆらゆらと揺れる奥深いまなざしに抱擁されているかのような感覚をいだいてもらえたなら、私はとても嬉しいです。

CHAPTER
I

Intelligence

知性と孤独

私の本のなかには
善人も悪人もいません。
とにかく私にとっては
どんな人も脆《もろ》くて弱いのです。

個人的に私がいちばん
重要だと思うのは、
やさしさです。
真の知性の基準に
なるのです。

相手に劣等感をいだかせない

Intelligence

「知性の人」。これは人々がサガンについて語るときに、よく使う言葉です。

「知性」は「知識＝ある物事について知っていること」とは違います。

晩年の作品『愛を探して』のなかに、次のようなやりとりがあります。

——あなたにとって知性とは？

——ひとつの問題に対して多くの視点から考えられる能力。視点を変えて学ぶことができる能力。

ひとつの事柄に対して、さまざまな視点で考えることができる。そしてその必要性があれば、自分の考え方を変える柔軟性がある。自由であることを願い、だからほかの人の自由を尊重する。人間を知りたいという欲求がある。自分自身を見つめ疑うという作業をする。

また、サガンの会話を読んだり見たりしていると、わかることがあります。サガンが敬愛する文学者サルトルに対して感じていたように、本物の知性の人は、相手にけっして劣等感をいだかせないということ。これはサガンの言う「やさしさ」にも通じます。

やさしさのない人とは、
相手ができないことを
求める人です。

U
nderstand

やさしくない人

サガンが「真の知性の基準になる」というやさしさ。

人間の「やさしさ」とは何か。このたいせつなことを考えるときに、とても頼りになる言葉です。「やさしさのない人とは、相手ができないことを求める人」。

やさしさのない人になりたくない。けれど人は、しばしばとくに身近な人たちに、できないことを要求してしまいます。そんなとき、心にはたいてい自分本位かつ暴力的な審判がいるものです。

サガンには周囲の人たちを、彼らがどんな悪事を働こうとも、けっして裁く（ジャッジ）することなく、彼らの美点に目を向け、彼らがもたない性質を問題にすることはありませんでした。

「私の本のなかには悪人も善人もいません。とにかく私にとってはどんな人も脆《もろ》くて弱いのです」

脆くて弱い人間が、精一杯に生きている。そんな人間に、できないことを求めることの非情さを、サガンはよく知っていました。自分自身が脆くて弱い人間だからこその、サガンのやさしさがここにあります。

そのとき、
虐《しいた》げられた人の悪口は
絶対に自分の前では
言わせない、と
決意したのです。

Truth

差別を許さない

一九四五年、終戦の年のある晩、十歳のサガンは映画を観に行きました。当時は映画の前にニュース・フィルムを流していたのですが、そのとき流れたのはナチスの強制収容所の映像。トラクターが死体の山をシャベルでかき集めている光景に、感受性の強い十歳の少女は凍りつきました。心と頭がある程度以上のショックに耐えられない年齢で、何の予備知識もなく、それを見てしまったのです。この映像はサガンに焼きつき、生涯消えませんでした。人間はそこまでのことができる存在なのだという、恐ろしくも悲しい事実が、感情の奥底に刻印されたのです。

「私はそのときユダヤ人や虐げられた人の悪口は絶対に自分の前では言わせない、と決意したのです」

息子ドニは言います。

「母は、マイノリティや人種に対する差別的な発言を許しませんでした。ユダヤ人に対する中傷を口にしたお客さんを、丁寧に帰らせたこともあります。また、あるディナーに招待されたとき、マイノリティの人たちに対する差別的な発言があり、母は無言で席を立ち、私の手を引き、その場を立ち去りました」

私が好きなのは
「陽気」という形容詞。
だって陽気でいることは、
一種の礼儀ですから。

P
olite

陽気さは「礼儀正しさ」

サガンの作品について、そのペシミズム（悲観主義、厭世《えんせい》主義）を嫌う人もいます。

「私の作品を暗いと非難する人もいますが、どうしようもないことです。人間関係というものは難しいものですから。私は私が知っていることを書いているだけです」

実際の生活においてサガンは「陽気でいることは、一種の礼儀」と考えていました。

たしかに、たとえその日の気分が陰気で鬱々《うつうつ》としていて暗黒であったとしても、それを隠すことは可能なわけだから、外見にそれを表すことは怠慢であり、相手に対して失礼にあたります。

いつも陽気でいるのは難しいけれど、陽気であろうとする行為は、周囲の人に対する愛情表現のひとつ。それができないときには、なるべく人に会わないでいればいいだけの話です。

ところで、サガンの言う礼儀とは。

「結局、礼儀正しさとは他人を思い浮かべることです。互いに尊敬しあおう、という漠とした配慮をいだいて」

試練が人を養うという
考えはまったくの嘘。
不幸から人間は何も学ばない、
大打撃を受けるだけです。
幸せなときのほうが
学ぶことがずっと多いのです。

H
appiness

「試練が人を養う」という嘘

サガンは「試練、苦労、悲惨な体験が人間を育てる、その経験が糧《かて》になるのだ」という一般的な意見に異を唱えます。

「自分の不幸が好きな人もいますが、私はそんなのは嫌いです。幸せなときのほうがより学べるし、より人間的になると思うのです」

「私自身が不幸なとき、いつもそのことを恥に思っていました。不幸であることは品位を落とした状態なのです」

四十五歳のときの小説『厚化粧の女』のなかに、こんな描写があります。ヒロインのひとり、クラリスがすばらしい演奏を聴いているのですが、そのとき彼女自身のなかにひそむ何者かが囁《ささや》きます。「真実はいまこのとき、この認識のなかにある」と。

――幸福なときの彼女が正しくて、そうでないときの彼女は間違っていると言う何者かは、クラリスが子どものころから、彼女のなかに住む無数の人間のなかで、ただひとり、けっして意見を変えない何者かだった。――

美しい音楽が人間に与える影響と、幸福であることの重要性、その価値が描かれています。「幸福なときが正しくて、不幸なときは間違っている」。この考えもつねにサガンのなかにあり続けたものです。

お金は、
私の常識からすれば、
そのお金を必要とする
人たちのために
使うものです。

M
oney

独特のお金の使い方

サガンはお金に関して独特の感覚をもっていました。

デビュー作以後の本も売れたので、莫大《ばくだい》な印税が入ってきましたが、それをあっという間に使ってしまいました。

裕福な育ちだったから金銭感覚がないのだ、と自分でも言っていたけれど、彼女のお金の使い方は、それだけでは説明しきれないものがありました。裕福な育ちでも貯金が趣味だという人はいるし、ケチな人も少なくありません。

そしてサガンは「所有する」ことに興味がなかったので、大好きなスポーツカー以外は、たとえば高額の美術品や宝石を買ったわけでもない。

彼女のお金のひとつの使い道は、お金を必要とする人たちに与えることでした。

友人たちへはもちろん、まったく知らない人が「洗濯機を買いたいけれどお金がないんです」と言ってくればお金を送り、「夫をつなぎとめるために鼻を整形したい」という読者のために手術代を提供したこともあります。

今ここにお金があり、それを必要としている人がいる。だから使う。じつにシンプルでした。

お金があるということは、
雨の日にバスが来るまで
列に並ばなくて済むことです。

Saving

「貯金」は汚らわしい行為

「お金があれば、雨の日にバスが来るまで列に並ばなくて済みますし、飛行機に乗って晴れた国に行くことも可能になるわけです」

飛行機に乗って晴れた国に行ける、とはサガンらしいユーモアですが、ものを所有すること、貯金に興味がないサガンにとってのお金の価値が、よくあらわれています。サガンにとってお金は、それを必要としている人たちを助ける自由を得るためであり、雨に濡れてバスを待つような不愉快な思いをしないためのもの。つまり「自由になれる手段であり防衛手段」でした。

貯蓄に励むような人にはなりたくない、なぜならそれは「汚らわしい行為だから」。「ある程度冷酷にならないとお金持ちではいられない。富とは断るということに結びつきますからお金持ちは、私からしてみれば信用のおけない人間なのです」

お金に対する戦略とは無縁のところで生きていたため、サガンの晩年は経済的に困窮します。「あのときお金をうまく貯めていれば、いまごろは悠々自適だったのに」と言われましたが、それについては次の通り。

「私が浪費したと人が呼ぶものに対して、どうしても後悔できません」

これはやめさせなければいけないと思いました。それで行動に移しました。政治参加したのです。

Politics

政治に参加するということ

サガンは「作家は政治に参加すべき」という考えには反対でした。そもそも「〜すべき」という考え方が嫌いなのです。

「つまりは自由だということです。ある種の問題に自分が関わりがあると感じるのなら、やるわけです」

たとえば、フランスの支配に対するアルジェリアの独立戦争（1954―1962）のときがそうでした。

彼女はパリでアラブ人に対する暴力や、武器をもっていないアルジェリア人たちが機関銃で殴り殺されるのを目《ま》の当たりにしました。

「これはやめさせなければいけないと思いました。それで行動に移しました。政治参加したのです」

一九六〇年、アルジェリア戦争に反対する署名活動が行われときには署名し、雑誌などで、当時のド・ゴール政権を徹底的に批判したため「反政府思想をもつ危険人物」として当局からマークされる存在となりました。

つねに政治参加しているわけではないけれど、自分が反応したものについては徹底的に関わる。サガンの政治参加の姿勢です。

フェミニズムの
問題提起のしかたは、
ときどきずれているように
思うのです。

F
eminism

フェミニズムへの見解

一九七一年、三十六歳のとき、「三四三人の宣言」に署名。自分自身の中絶体験を告白し、中絶の自由を求めるという内容です。ボーヴォワール、カトリーヌ・ドヌーヴ、マルグリット・デュラス、ジャンヌ・モローらの著名人たちが名を連ねました。当時、フランスでは中絶は違法で、望まない妊娠をした場合には、危険な闇中絶をするしかなかったのです。

「妊娠中絶は社会階級の問題。お金持ちであればすべてうまくいくのです。スイスかどこかで」

そんなのはおかしい。そう思ったから行動に移しました。

これは女性解放運動（フェミニズム）のなかに位置づけられますが、サガンはこれを声高に主張する立場をとりませんでした。フェミニズム否定ではない。「性と性の戦い」的な部分がひっかかるのです。

「いつの時代にも、女性に対して残酷な男性はいたし、男性を犬のように服従させる女性だって、いたわけですから」

「三四三人の宣言」への署名は、効果的だと思ったし必要だったから行った、それだけです、という立場でした。

自己を拒絶することは、
人類共通の大きな不幸。

Self

「本来の自分」とは逆のものを求める不幸

五十四歳のときの小説『愛は束縛』は、結婚生活における自由、力関係をこまやかに鋭く描いている傑作です。

そのなかのワンシーン。主人公のヴァンサンが妻のローランスについて考えを巡らせています。

――つまり、彼女が描きたがっている自画像も、他人の目に映る彼女の姿も、実際のローランスとはまったく逆の性質なのである。そしてぼくはそこにこそ、人類共通のひとつの大きな不幸が隠されているように思えてならない。それは自己を拒絶してしまう不幸である。本来の自分とは逆のものを求める情熱が、注意深く隠蔽《いんぺい》されながらも、たぎり続ける不幸である。――

妻は「通俗的ではなく夢見がちでナイーブな心の女性」になろうとしているけれど実際は「通俗的でシニカルで短気で冷淡な女性」。

けれど本人は、そう見られないように努めています。

「本来の自分とは逆のものを求める」、自分とあまりにもかけ離れた人になろうとすることは、不幸につながるということです。

自立とは
自分自身を見つめ、
自分の立ち位置を
理解することです。

F
reedom

自由とは、自立とは

これはもちろん精神的な自立を言っています。

自立した精神なくして自由はない。これがサガンの意見でした。

「自立していれば、ほかの人たちの意見や世の中の風潮、たとえば、どのようにすれば幸せになれるか、といったバカげたスローガンなどから自由でいられます」

「自立とはトレーニングしなくてはならない筋肉のようなものです」

どんなトレーニングなのかといえば、まずは「自分自身を見つめる時間の余裕を作ること」、それから、たとえば「三時間ひとりになって本を読んだり、音楽を聴いたり、のんびりしたり、考えたり、つまり頭の筋肉を働かせること」なのだと言います。

「自立と自由は私の武器です」という言葉もあります。

「自立し、自由を求めることは、人生に対する強い意欲の表れです。私は自分が自由であることにほんとうに情熱を注ぎました」

こんなにも精神的な自立、自由をサガンはたいせつにしていたのです。世間、世の中……、自分ではないほかの人たちの考えにからめとられることがないように。

したい、ほしい、やってみる
――そういうことで
恥入ることなんかない。
もう欲しくない、できない、
したくない、ということこそ、
恥ずべきこと。
嫌悪《けんお》すべきものは行き過ぎた
ことではなく、不充分なこと。

D
enial

「欲望のない人生」への強い否定

訳者、朝吹登水子《あさぶきとみこ》の功績もあり、日本にはサガンのファンが大勢いました。一九七八年八月、サガン四十三歳。来日講演が帝国ホテルで開催されました。対談相手のひとり五木寛之《いつきひろゆき》とのやりとり。

サガン――私は何に対してでも、行き過ぎちゃうほうだから。
五木――ぼくが気に入っている毛沢東《もうたくとう》の言葉にこんなのがありますよ。「何かを為《な》すためには、行き過ぎるくらいにやらなければ、ちょうどいい所までは行かない」。だから、行き過ぎる人に対しては、ぼくは常に尊敬と好意をもっている。
サガン――行き過ぎ……つまり過剰ということのあとにしか、ほんとうの充足ということはあり得ないんじゃないかしら。

五十歳のときの小説『夏に抱かれて』にも、こんなセリフがあります。欲望をもつことへの不安をつぶやいた恋人に対するヒロインのセリフです。

――「したい、ほしい、やってみる――そういうことで恥入ることなんかないわ。もう欲しくない、できない、したくない、ということこそ、恥ずべきことなのよ。嫌悪すべきものは行き過ぎたことではなく、不充分なことよ。」――

「欲望のない人生」への強い否定があります。

私はいつも自分の怠慢《たいまん》を最大限に利用しています。

U

selessness

「怠慢さ」にある未来

「多くの仕事をこなすと自負する人を、私は好きではありません。私自身はあまり勤勉なほうではありません。続けるだけです。続けているうちに最後には見えてくるのです」

「私はいつも自分の怠慢を最大限に利用しています。怠慢さはたいせつです。多くの場合、時間を無駄にして本が完成するのです。夢想にふけったり、何も考えないことで。これを虚《むな》しいと思ったり退屈だと思うことはありません」

これは作家に限ったことではないでしょう。

さぼってしまった、なにもしていない、と思えるような時間のなかに、じつはアイディアの萌芽《ほうが》や、たいせつな発見があったりするものです。

多くの人は何かをするときに
「どうしてそれをするのか」、
その理由や目的を考えないで
「どのようにすればよいか」、
方法ばかり考えている
ように思います。

S
elf-confidence

いつも自信がない

ぎくりとさせられる言葉です。何かを達成しようとして、あくせくしているときに、一度立ち止まって考えたい。

本来の理由、目的はなんだったのか。それをする必要があるのか。それは自分が望んでいることなのか。

サガンはつねに「考えている人」でした。考えて考えて、考えすぎるほどに。

その理由は「自分に自信がないからじゃないかしら」と言います。「自信をなくすことのない人なんているかしら。私は自信をもつときがありません。だから物を書いているのです。自信のないことが私の健康であるわけです」

「私は毎日のように自分に『どこまで自分は来たのだろう？　それについてどう考えればいいのだろう？』と聞くのです。何が何だかさっぱりわからなくなりますが、考えるのです」

とくに深刻な事情が
あるわけではないけれど、
私にはどうしても
精神的な休養が必要なの。

R
est

休みが必要なとき

「あなたへ。疲れました。疲労困憊《こんぱい》。もう人に会うのが嫌になったので、ひとりで、二、三日出かけてきます。どこへ行くかは決めていません。パリを離れることはないと思います。とくに深刻な事情があるわけではないけれど、私にはどうしても精神的な休養が必要なの。レジーヌの店はキャンセルしておいて。さもなければ、別の人と行ってもかまわない。できるだけ早く帰ってくるつもりです。あなたにキスを。心配しないでね。飲みすぎに気をつけて。では」

ある日のサガンの書き置きメモです。相手は当時のパートナー、ボブ・ウエストホフ。

このメモをよく読むといろいろなことが見えてきます。サガンが自分自身の状態を、そのまま伝えていること。精神的休養を求めることに罪悪感をいだいていないこと。パートナーに自由を与えていること。パートナーを案じていること。なにより「ごめんなさい」という謝罪がないところが美しい。自分のしていることを恥じていない、ということだからです。

私に保証できるのは、
現在の私の誠実さだけ。

H
onesty

誠実さは「現在」にのみある

四十九歳のときの作品『私自身のための優しい回想』で南仏サントロペの、二十五年前から現在に至る思い出を語る前の一文です。

サントロペは特別な町であり、だから多くの人々のなかに現在においても「思い出の誇大妄想（メガロマニー）」を、「過去に関する偏執狂（パラノイア）」を惹起《じゃっき》する。そんな町の思い出を語ろうというとき、サガンは一度、自分を見ます。

――サントロペと私との心情的関係が過去においてどのようなものであったか、現在どのようなものであり、そして将来はどのようなものであろうかということについての悲喜劇を読者に語ろうと思う。――

けれど正確さはそこにはないだろう、と言います。

――なぜなら記憶というものは想像力とまったく同じくらい気紛《きまぐ》れで予知できないものなのだから。私はこれから述べることの完全な客観性も完全な真実性も保証しない。私に保証できるのは現在の私の誠実さだけである。――

率直で、それこそ誠実なサガンのまなざしが浮かぶようです。

想像力は
最大の美徳です。

I
magination

知性とは想像力

「知性」について尋ねられて、あるときサガンはこんなふうに答えています。「知性……残念ながら皆には手の届かない贅沢《ぜいたく》です」。

知性は贅沢。サガン本人は自分のことを「知性の人」だと思っていなかったのでしょう。けれど、知性について、つねに考えてはいました。

「想像力は最大の美徳です。頭、心、知能、すべてに関わりがありますから」

想像力があれば人の身になれる、ということは、相手が理解できる、したがって相手を尊重できるわけです。知性とはまず、ラテン語の意味での『理解する』、ということですから」

サガンは、人を尊重することを、とてもたいせつにしていました。

「人を侮辱する行為には耐えられません」

行為、行動、これも重視していました。

「人を踏みにじるような人間の底に、じつはやさしい、傷ついた心が潜んでいるなんて言わないでください。人間はその人の行動以外の何ものでもありません」

人を踏みにじるような人間の底に、
じつはやさしい、傷ついた心が
潜んでいるなんて言わないでください。
人間はその人の行動以外の
何ものでもありません。

このときにはじめて
善というものが、
自分の思っていたものより
曖昧《あいまい》だということに
気がついたのです。

Intension

善とは何か

少女時代の体験。

フランスがナチス・ドイツから解放されると、戦中にドイツに協力していた人たちが攻撃の的となりました。たとえば、見せしめとして、対独協力者の女性が頭を剃《そ》られて街を歩かされるということが行われていました。その様子を見て、サガンの母親が怒って言いました。

「恥ですよ。あなた方の行動はドイツ人と同じじゃないですか」

十歳のサガンにとって、ドイツ＝悪、ドイツと戦った国＝善でした。けれど頭を剃られた女性の姿と母の言葉。この体験はサガンに大きな影響を与え、人生を貫くテーマとなりました。

こんなにも曖昧な、善とは何か。悪とは何か。昨日までの善が突如として今日悪に変わることがある。その逆もある。人間社会の善悪、モラルなど社会状況で簡単に変わってしまう。それでは何を信じればいいのか。生きていくうえで信じるべきは、おそらく自分自身のあり方でしかない。サガンが追求し続けた「人間の孤独」には、こういったことも含まれていたのです。

破滅するのは
私の自由です。

D
rugs

すべて個人的な問題である

一九九五年、六十歳。コカイン使用・所持で執行猶予つきの有罪判決を受けました。多くの人が堂々とサガンに罪人の刻印を押し、マスコミは激しくサガンを攻撃。凶器のように突きつけられた何本ものマイクにサガンは言い放ちました。「破滅するのは私の自由です」。法廷では次のように述べました。「『人は他人の自由を冒さない限り自由だ』と人権宣言は言っています。私は自分の好きなように死ぬ権利があります」。「薬物の使用を認めるんですね？」と勝ち誇ったように言うインタビュアーに対してはこう答えました。

「ええ。でも私の個人的な問題ですから」

この答えには、サガンが嫌悪《けんお》する集団狂気《マス・ヒステリア》への反発、人間社会の善悪やモラルの曖昧さに対する問いかけがあります。

世間がヒステリックに非難するコカインも、何年か前に法律が改正されるまでは悪ではありませんでした。薬物使用を正当化するつもりはない。しかし「個人的な問題」であるという意識がサガンには強くありました。少なくとも見ず知らずの人たちから石を投げられるようなことではないはずでした。

唯一の道徳《モラル》は
美にあるのです。

M
oral

唯一のモラルは美に

サガンは「世間的な意味での道徳」というものを嫌い、それを振りかざして疑いもなく他人を攻撃する人を嫌っていました。

自分のことだけを考えたり、人をバカにして喜んだり、お金に支配されている人が増え、結果、「道徳的エレガンス」を失くした下品な人が増えている。道徳的エレガンスを失った人＝下品な人。

とはいえ、道徳に対するさまざまな考えは時代や国によって異なります。道徳観念はさまざまで、何を拠《よ》り所にしたらよいのかわからなくなります。

そんなときサガンの言葉「唯一のモラルは美にあるのです」が光を放ちます。

この「美」には多くの意味がこめられていることでしょう。

美しいか美しくないか。これを見極めるため、多くの本を読み、映画を観て音楽を聴いて……ようするに芸術にふれて、自分だけの美意識を意識し続けることが重要。

道徳についてサガンは次のようにも言っています。

「道徳というものがあるとするならば、それは人を律するもの、戒《いまし》めるものではないのです」

CHAPTER

II

Love

恋愛と孤独

愛することは理解すること。
理解するというのは見逃すこと。
よけいな口出しをしないことです。

愛することは
ただ「大好き」ということ
だけではありません。
とくに理解することです。
理解するというのは見逃すこと、
よけいな口出しをしないことです。

A

llow

理解するというのは見逃すこと

誰かがぞっとするような行いをしたとして。

サガンはその人を非難することはありませんでした。

なぜならまず考えてしまうからです。それを避けられなかった理由や弱点があるに違いない、それは何だろう、と。

そもそもサガンは「自分の価値観で相手に接すること」に大きな疑問をいだいていた人です。

たとえ自分が「よくない」と思ったとしても、それは自分の価値観なのであって、相手にとっては「よいこと」なのかもしれない。だったら、相手がしたいようにさせてあげたい。そして、サガン自身もまた、そのようにしてほしい人だったのです。

「理解するというのは見逃すこと、よけいな口出しをしないこと」

これに異を唱える人は多いかもしれません。けれどこれは、友だち、親、子どもとの関係においてはもちろん、人と人が濃密に関わる恋愛関係においては、その人のことをたいせつにしたい、という意味において、きわめて重要なことなのです。

恋愛とは、
絶え間のない愛情、
やさしさ、
ある人の不在を
強く感じること。

悲しみよ こんにちは

肌と肌がふれあっているときや一緒の空間で生活をしているときには感じられない感覚、見えない色彩というものがあります。

その人のことを愛してしまった、愛している、と痛感するのは、むしろそばにいるときではなく、その人がいないとき。「その人がいない」と強く感じることが、恋愛におけるたしかなひとつの感情でしょう。

「恋愛とは、その人の不在を強く感じること」。これはサガンの処女作『悲しみよこんにちは』のなかのセリフです。

十七歳のヒロイン、セシルに、知的な大人の女性アンヌは言います。恋愛とは「絶え間のない愛情、やさしさ、ある人の不在を強く感じること」。

アンヌの言葉にセシルは自問します。

「今まで誰かの不在を感じたことがあっただろうか」と。

情熱的な恋愛は
七年以上続きません。

P

assion

情熱は七年以上続かない

恋多き女性であるサガンは「情熱的な恋愛は七年以上は続かない」説をもっていました。「体の細胞は七年ごとに変わるのですから、心の細胞が変わらないこともないでしょう」と、ユーモアまじりによく口にしていました。

五年、六年、七年とその年月が経過すれば、自分自身の感情的なもの、知的なもの、そして想像力までも、相手に見せつくしてしまう。相手のことが好きであればあるほどに、知りたい、知ってほしいという欲望は高まるから、見せつくしてしまうまでの年月は短いかもしれません。

このことから目をそらしてはいけなくて、そして、これは当然のことなのです。

恋愛をワルツにたとえて、こんな言い方もしています。

「ワルツを踊ってめまいがしたあとは、つまずくものです」

恋愛とは、まずは自分を
語りたいという欲求であり、
自分が存在していること、
しかも魅力的に存在していることを、
他人の視線のなかに
認めたいという欲求なのです。

A
pproval

私を知ってほしいという欲求

自分について知ってほしい。自分がこれまで歩んできた人生を知ってほしい。

そんな欲望を抱いたときは、話したい相手に対して恋愛感情が芽生えていることを意味します。

たとえ、話そのものは凡庸《ぼんよう》であったとしても、それを聞く人が自分に恋愛感情をいだいているなら、「凡庸な話」ではなく「興味深く刺激的な話」になるのです。

そして相手のまなざしのなかに、自分が魅力的に映っているのを見る。

これが恋愛のたまらない瞬間。誰かに見つめられることによって、自分自身がたしかに、いまここに存在していることを体感する、そういう瞬間です。

サガンは穏《おだ》やかな関係になってからも、「話したい」という気持ちを重視します。

「幸せな愛とは、仕事をして疲れ、へとへとになり、やりきれない一日だ、と思って帰宅したとき、その一日を話したくなるような何とも言えないまなざしに出迎えられることです」

「愛とは、あなたにどんなことが起ころうとも、相手にこのことを話そう、とか、一緒に来られればよかったのに、と思えることです」

愛とは、あなたに
どんなことが起ころうとも、
相手にこのことを話そう、とか、
一緒に来られればよかったのに、
と思えることです。

恋というものはときには
このように要約される
ものなのかもしれない。
つまり、ただひとりの人にしか
何も話したくないということ。

Only one

たったひとりの人に

サガンは、会話をことのほかたいせつにしていました。三十四歳のときの小説『冷たい水の中の小さな太陽』にこんなシーンがあります。

主人公の青年ジルはパリで美しいモデルと同棲し、享楽《きょうらく》的な生活を送っていたのですが、突然ノイローゼにかかり、帰省先で社交界の女王ナタリー・シルヴネールに出会い、恋におちます。ふたりの恋人がいる状態です。けれどあるとき、同棲相手の女性から、ある出来事について問われたとき、気づくのです。

――彼はナタリーにしかその話をしたくなかった。恋というものはときにはこのように要約されるものなのかもしれない。つまり、ただひとりの人にしか何も話したくないということ。――

何人とでも、交際することは可能かもしれません。けれど「話したい」という気持ちを考えたとき、情熱をもって恋する相手は、ほんとうのところは、ひとり。

サガンはみごとに恋のある一面を、表現しています。

人はけっして
ひとりの人に、
すべてを
言えないもの。

Loneliness

絶対に言えないこと

四作目の小説『ブラームスはお好き』のなかに、こんなシーンがあります。

ヒロインのポールは同年代の不実な恋人ロジェのほかに若い恋人がいたのですが、若い恋人とはうまくいかず、そのことを恋人ロジェに話します。

若い恋人との日々は「不幸だったわ」と口にしてしまって、すぐそのあとで「でも私、努力したの……」と言い訳をするのですが、はっと気づくわけです。これは目の前の男性にではなく、あの若い恋人に言うべき言い訳なのだと。

——どんなときでも注意が必要だった。なぜなら、人はけっしてひとりの人に、すべてを言えないものだからだ。——

どんな親しい相手にも「その人だけにはけっして言えないこと」があります。さまざまなことを「いちばん話す相手」というのはいるけれど、その人にだってすべては言えない。どんなに好きな相手にもすべては言えない。「孤独」がここにもあります。

人は恋愛においても
ふつうの人生においても
所有したがりますが、
これは恐ろしいことです。
他人の幸福を忘れて
しまうのですから。

Possession

恋愛と所有欲

恋愛における「義務」についてサガンは次のように語ります。

「自分のことを愛してくれている人を自分も愛している場合は、愛してくれる人が、自分と同様に幸せになるようにしなければならないのです」

この考えは若いころから変わらず、そして相手の幸せを阻《はば》むものは「所有欲」です。

「人は恋愛においてもふつうの人生においても所有したがりますが、これは恐ろしいことです。他人の幸福を忘れてしまうのですから」

所有欲、独占欲は恋愛にもれなくついてくるものですが、やはり相手の幸せを願うならコントロールすべく努力しなければならない感情でしょう。

互いの幸せを願い、愛し愛されている人の表情は美しいものです。サガンはそれをこんなふうに表現します。

「遠い何かがあるんです、瞳が――よくわかりませんが――郷愁《きょうしゅう》的でありながら、たしかなのです」

嫉妬《しっと》している人は
それを隠すべきです。
最低限の礼節《れいせつ》だと
思います。

J
ealousy

嫉妬している人へ

「嫉妬という感情は、いつも私をぞっとさせる。私の愛が殺されてしまう」

サガンは嫉妬という感情をことのほか嫌っていました。けれどももちろん、嫉妬の感情をいだいてしまうときはあります。

そんなときはどうしたか。自分のなかで「失望」とか「悲しみ」といった感情に変換させていたのです。

世の中には嫉妬をなにか美徳のように思っている人もいます。嫉妬の感情は当然、と開き直ったり、嫉妬の感情の度合いが愛に比例すると考えたり。

サガンはこういう人たちは「危険」だとして避けていました。

「嫉妬している人はそれを隠すべきです。最低限の礼節だと思います」

隠すのが無理な場合は、その場から逃げるべき。恋い焦《こ》がれる人、あるいは執着している人の近くにいるから嫉妬に苦しむのであって、だから、そこから逃げることは苦しみが楽になるということ。お互いの幸せにもつながる。サガンに言わせれば「健全で衛生的でしょう?」というわけです。

彼女は、人が自分の
髪や眼の色について、
容姿についてすらもしゃべるのを
もう長いあいだ聞かなかった
ことに気づいた。

U
nsatisfied

物足りない恋人

サガン三十歳のときの作品『熱い恋』のワンシーン。

――「あなたは相変わらずいつものように黒い髪と灰色の眼をしていますね。とても美しい……」

彼女は、人が自分の髪や眼の色について、容姿についてすらもしゃべるのをもう長いあいだ聞かなかったことに気づいた。――

ヒロインのリュシールは、ある男性からの言葉に、恋人からそういうことを言われていないことに気づきます。

恋愛の相手からは、関心をもたれたい、自分についての言葉が欲しい。そもそも自分の髪の色や目の色をしみじみと言われることはとても快く、そういうふうに扱われることが自分の好みだったとしても、馴《な》れ合いになってくると、その言葉を耳にしていないことすら忘れてしまうものです。

そんなとき、ほかの人から「欲しい言葉」をもらったとしたら。私はこれがずっと欲しかった、と気づいたとしたら。欲しいものがない関係性に疑問を抱くのは当然のことでしょう。そのとき恋人は彼女にとって物足りない人なのです。

理想的な男性の話をする人は、
一般論しかしない人です。
私は理想的な男性なんて知りません。
男性を知っているだけです。

恋愛における最大の罪、
もっとも重大な裏切りは、
ほかの人のことを想像し、
夢見ること。

U
nfaithful

恋愛における裏切りとは

恋愛における「裏切り」について。四十二歳のときの小説『乱れたベッド』にこんなシーンがあります。

ヒロインのベアトリスは快楽に対する罪悪感をもたない美しい女優。彼女の恋人は年下の美青年エドワール、劇作家です。あるとき、恋人のエドワールが仕事で遠くに行っている間、昔の愛人ニコラとベッドをともにします。けれど、ニコラをその相手に選んだことはベアトリスにとって「エドワールへの貞節《ていせつ》の一種」。

なぜなら、ニコラは口が堅いから噂《うわさ》になることはないし、はじめての相手ではないし、ときめきもないからです。つまり、エドワール以外の男を夢想することはなかったのだから、ベアトリスにとっては裏切りでもなんでもないのです。

――恋愛における最大の罪、もっとも重大な裏切りは、ほかの人のことを想像し、夢見ることなのだ。――

彼女にとって裏切りとは、感情。肉体の接触のみで感情が伴わない場合は裏切りではなく、肉体の接触がなくても感情があれば、それは裏切りなのです。

——それならその人は相手を
本当に愛してはいないんですよ。
——愛しすぎているとも
言えるんじゃないでしょうか？
——同じことです。

E

xcess

愛しすぎは、愛ではない

四十五歳のときの小説『厚化粧の女』から、ある男女の会話。
女性が男性に話しています。愛する人に「仕事を減らして私といる時間を増やしてほしい」と言ったら不快な顔をされた。「愛ゆえ」なのに……。

――「それならその人は相手を本当に愛してはいないんですよ」彼はきっぱりと言う。
「愛しすぎているとも言えるんじゃないでしょうか？……」
「同じことです」彼は手短に言った。――

愛という名のもとに、どこまで相手に自分の要求を投げかけられるか、愛という名のもとに、どこまで相手の要求を受け入れられるか。恋愛の普遍《ふへん》的テーマがここにあります。

愛しすぎは、真の愛ではない。本人がいくら「愛ゆえ」と思おうとも、相手が不快に思うような要求ならば、それは真の愛ではない、ということです。

大笑いするということのなかには、
理屈では説明できない何か神秘的な、
圧倒的なものがひそんでいる。
ともに笑いを味わえるかどうかが、
人間関係において決定的に
たいせつな、何かなのだ。

L
augh

笑いを共有できるか

五十六歳のときの小説『逃げ道』に、まったく性格の違う、ほとんど共通点をもたないふたりが笑いこけているシーンがあります。

——大笑いするということのなかには、理屈では説明できない何か神秘的な、圧倒的なものがひそんでいる。それは人間の、まるで迷路のような精神構造のなかで、ときおり音をたてて爆発する何かだ。たとえ性格的に合わない部分があったとしても、ともに笑いを味わえるかどうかが、人間関係において決定的にたいせつな、何かなのだ。肉体を通じて交わす愛の快楽と、同じほどに。（略）たとえ情熱的に愛し合う恋人同士でも、もしこれが欠けているならば、重要な局面で溝が生じるに違いないほどたいせつなもの。第三者には一見不可解な別離も、逆にまったく不釣合《ふつりあい》にしか見えないような愛も、実はこうした笑いを共有できるかどうかが鍵になっていることがある。——

笑いの共有は、人間関係における決定的な鍵。恋愛関係においてももちろん、決定的な鍵です。

自分自身を愛さずに、
ふたりの人間を同時に
愛することなんてできない。

R
omance

ふたりを同時に愛するとき

「ふたりを同時に愛することは、もちろん可能です」とサガンは言います。「違った愛し方で」、それぞれと関係を築くことはできる。ただし、その場合は、少なくともそのうちのひとりに強く愛されていることが必要。

なぜなら、好きな人に愛されているときは自分が魅力的だと感じられるから、そんな自分の魅力をほかの人にも見せたくなる。けれど、逆に自分に見向きもしない人を好きになったときには、自分が醜《みにく》く思えて、外に気持ちがいかない。これがサガンの考えです。

当然、こんな考えは広く認められるとは思わない、「けれど、ほんとうです」と言い切ります。

「自分自身を愛さずに、ふたりの人間を同時に愛することなんてできない」。これは、五十二歳のときの小説『水彩画のような血』のなかの言葉です。

愛情量が多い人は、自分にも、そしてほかの人にもたっぷりとそれを注ぎます。そうではないと自家中毒を起こしてしまうからです。そして、ときに「ほかの人」が複数になることもあるのです。

熱愛中は、
穏やかな幸福感とは
無縁です。

F
uzzy

恋愛は不安定

サガンは自分自身の恋愛体験を笑いながら語っています。

「誰かに恋したら電話一本に束縛されてしまいます。電話にしがみついて、絶望したり……本気で恋するともうダメですね！」

熱愛中は穏やかさとは無縁。

「自分の感情についても相手の感情についても完全に自信がもてないものです」

これについては「プルーストの素晴らしい文章があります」と敬愛する作家の文章を引用しています。

――彼は、愛する人のそばにいても、愛している感覚を取り払ってしまうあの居心地の悪さ、あの物足りなさを感じた――

そばにいたって、居心地が悪かったり、物足りなさを感じたりするのですから、恋愛は不安定であり、曖昧なのです。そのわりきれない感情の襞《ひだ》を軽やかに鋭く、炙《あぶ》り出しているのがサガンの小説群です。

ふたりの関係が
終わりだと感じるのは、
退屈しだすときです。

The end

終わりの予感

「ふたりの関係が終わりだと感じるのは、退屈しだすときです。退屈し始めて、もう退屈で退屈で身震いするほどになったら、逃げ出したほうがいいのです」

それは最悪な事態を避けるため。サガンにとっての最悪な事態とは、たとえば「お互いにもう何もしゃべることがない食事」。

恋愛における退屈とは、相手が面白くなくなったこと、相手への興味がなくなったことを意味します。

恋愛においても、それ以外においても、人生における退屈をそのままにしている人は、サガンに言わせれば「人生をどう生きるべきか考えない人」であり、まさに「退屈な人」なのです。

妻を信頼しすぎる夫は
早く眠ってしまう
恐れがあります。

Marriage

理想の結婚

基本的に、サガンにとって恋愛相手と結婚相手は同じ。恋愛と結婚は別、という考えではありませんでした。

「結局、いい夫（妻）とは、法律の上でも結ばれているいい恋人なのです。夫と恋人との間に本質的な違いがあるとは思いません」

けれど毎日同じ家で暮らし同じベッドで眠っていると、刺激がなくなり、危険な「退屈」を感じ始めます。それはどうしようもないこと。

なぜなら人は、習慣に愛着を覚える習性があるから、それが嫌な人は結婚しないほうがいい、とサガンは言います。

「理想の結婚というのは、毎朝毎晩、一緒に暮らしている相手が誰よりも好きであることです」

けれど当然、これはあくまでも理想だし、そもそもサガンは感情を殺しながら継続させる関係に価値を見ていないのです。

「恋愛にしても結婚にしても、それを長続きさせる秘訣《ひけつ》は思い浮かばないし、その必要も感じません」

私は四十三歳ですけど、
パリには私に恋をしている男性が
二、三人はまだいるし、
あと一、二回は再婚もしたいの。

Words

愛について述べた言葉たち

サガンは来日時、瀬戸内寂聴《せとうちじゃくちょう》とも対談をしました。そのときの映像を観ると、ふたりとも、恋愛をテーマのひとつにしている作家として、共感をもって話しているように見えます。

瀬戸内寂聴は当時五十六歳。サガンよりもひと回り上でしかも尼僧姿なのに、サガンの彼女を見つめるまなざしは、奥行きがあり、まるで抱擁しているかのようです。

恋愛について聞かれたサガンはいたずらっぽく答えました。

「私は四十三歳ですけど、パリには私に恋をしている男性が二、三人はまだいるし、あと一、二回は再婚もしたいの」

多くの人がサガンに惹《ひ》かれた理由が、数分の映像を見ただけで理解できるほどに彼女は魅力的。愛について述べた言葉の数々があらためて光を放つように思えます。

ある程度の年齢に達すると、
人に対して自分に都合のいい
感情しかいだかなくなります。
相手の占める位置を、
こちらが設定するように
なるのです。

A

ge

女性の「老い」について

サガンの「老い」についての考えです。

恋愛に関しても同様。

「恋人との生活の要求が、自分自身の生活とうまく噛《か》み合うように生活設計をしている女ともだちがいます。これが老いです。感情のほうが、第二の本能である生活習慣に従うのです」

恋愛に「時間割」的な感覚をもちこみ、自分の余裕の度合いによって相手との関係を組み立てる。そして、突発的な何か、予定外の何かが起こることを拒否する。

これをサガンは「暗い勝利」と言います。

たいていたい、五十代に突入したあたりから、人はこんなふうになりがちで、安定、安易を選択します。なぜなら、「いまさら傷ついたりしたくないからです」。

でも、そのような年齢の重ね方で、真の満足が得られるのか。サガンは五十代になっても、安心、安定を嫌いました。つまらないからです。

老いが始まるのは、
自分が欲望の対象に
ならなくなったとき、
もはや出逢いの可能性が
なくなったときです。

Target

「欲望の対象」にならない自分

五十歳を過ぎてもサガンは恋多き女性でした。
老いが始まるのは、自分が欲望の対象とならなくなったときであり、「これは年齢とはまったく関係ありません」。

たとえば、同じ五十歳でも、欲望の対象になりうる人とそうではない人に分かれます。これはサガンが言うように年齢の問題ではありません。六十代でも七十代でも欲望の対象になりうる人はいるわけですから。

「年をとることを私は恐れていません。恐れているのは、外出してもそれがけっしてアバンチュールでなくなることです」

もはや自分はアバンチュールとは無縁、と思った段階で「老いた人」になる。

恋愛に対する興味、好奇心、期待をもち続けているか。感情は潤《うるお》っているか。枯らさない意識をしているか……。

やはりどうしようもなく、その人のあり方なのです。

CHAPTER

III

Friendship

友情と孤独

とても頭の良い人に
意地悪な人はいないことを
彼に教わりました。

友だちというものは、
あまり無関心でいると
失ってしまうけれど、
理解しようとしすぎても、
失ってしまうのです。

F
riends

悪友たち

「友だち……、これは私にとってたいせつな言葉です。彼らと一緒にいるときがいちばん気持ちいいし、彼らはありのままの私を好きでいてくれます。そういう人は少ないです」

サガンは、とくに若いころ、「悪友」たちに囲まれていましたが、生涯離れなかった友人となると、作家のベルナール・フランク、ダンサーのジャック・シャゾ、フロランス・マルローがいます。みな、十代からのつきあいです。

ベルナールと出逢ったときのことをサガンは「友情に落ちた」と表現しています。互いに別の相手と恋愛、結婚をしながら、それでもいつもそばにいました。

シャゾは頭の回転の速いサガンを「涙が出るほど笑わせてくれる」人で、ゲイでなければ結婚していたのではないかと思うほどに親密でした。

フロランスは、作家であり政治家でもあるアンドレ・マルローの娘。芸術家たちがまわりにいる環境で育ったので、そういう種類の人間がもつある種の脆《もろ》さというものを知っていたのでしょう。サガンに対しても傷ついた野生動物を癒《いや》すように接し、心配しつつ見守り続けました。

彼らには共通点がありました。それは「感受性に富み寛容《かんよう》であること」です。

私が友人に求めるのは、
ユーモアと下心のない態度。
これは友情のもっとも
たいせつな美点です。
ユーモアとは頭が良くて
もったいぶらないこと、
下心のない態度とは
寛容で親切ということです。

H
umor

ユーモアとは頭の良さ

若くして成功したサガンのまわりには、多くの人が集《つど》い、彼らは「サガン一味」と呼ばれ、そしてすべての支払いをサガンがしていました。「あなたは搾《しぼ》り取られている」と忠告する人も多く、けれど本人は、そんな感覚はないし、もしそれが本当だとしても気にしません。

つらいのは、お金を搾り取られることではなく「精神的に搾り取られること」。気がすすまないのに、話をしなくてはならなかったり、話を聞いてあげなくてはならなかったり。

「物質的にも精神的にも見返りを期待しない人がいると、その人はただちに私にとってきょうだい同然になります」

けれど、そんな人は少ない。だから、

「彼らとは何度も、長い間、延々と一緒に、いつまでも話していられます。話題は多種多様ですけれど、お金の話はしません」。

私は内面的には
絶えず動いているのです。
自分の確信のなかで
動じない人は嫌いです。

H

ate

嫌いな人

嫌悪する人やものについて。

「寛容でない人、心配ごとのない人、真実を握っているような顔をしている人、満足しきっている人、愚鈍《ぐどん》な人は退屈です。その愚《おろ》かさの混じった自信というのが我慢できないのです、うんざりします。被害者ぶっている人やインテリぶっている人も嫌いです。お金を過大評価することや、偽善《ぎぜん》的な行為や、常套句《じょうとうく》やブルジョワの良識には苛々《いらいら》します」

さらに続きます。

「モード（流行）や甘ったるい香水やプラスチックやテレビが大嫌いです——テレビは我慢できないほど嫌いです。ケチな根性、妬《ねた》み、寛容のなさが大嫌いです。私の前で誰かが恥をかかされることも許せません。あらゆる形の人間に対する偏見《へんけん》も大嫌いです。想像力に欠けている人や、慣例に盲従《もうじゅう》することも大嫌いです。批判好きな態度、横柄な態度、うぬぼれた態度……自分の無知に満足している人も大嫌いです」

「好きなものより嫌いなもののほうに熱が入っていますね」とインタビュアーが言えばさらりと答えます。

「嫌悪するものに対してより愛するものに対してのほうが慎み深いということです」

秘密にしておくべき
感情というものが
あるのです。

S
ecret

秘密にしておくべき感情

「サガンの前髪の下の大きな瞳には、水たまりのようなメランコリーがきらめいている」と言ったのは作家のアントワーヌ・ブロンダンですが、サガンはその瞳で、男性だけではなく才能ある美女たちをも魅了しました。女優のブリジット・バルドーとはサントロペの遊び仲間として、カトリーヌ・ドヌーヴやジャンヌ・モローとは知的な会話を楽しみ、エヴァ・ガードナーとは夜を共にしました。ジュリエット・グレコは言います。

「サガンほど軽やかで、陽気で優しく、知的な人はいない。彼女は自分の好きなように生きたのよ」

サガンは生前、自身のセクシャリティを公言することはありませんでした。破天荒な人生を生き、あれほど偏見から自由な作家がなぜ、バイセクシャルであることを隠し続けたのか。

「慎みのある人」だから。これがひとつの答えのようです。

「誰でしたか、愛の行為はよくしますがそれについて話すことはありません、と言った人がいます。いい言い方だと思います。秘密にしておくべき感情というものがあるのです」

あなたは人間を
愛していますか？
人生を愛していますか？

Innocent

相手の心をひらく質問

ピカソ、コクトー、ジャコメッティらの芸術家、マーロン・ブランドをはじめとする俳優、イヴ・サンローランやピエール・カルダンらのデザイナー。ミッテラン大統領ほか、サガンには有名な友人知人が数多くいました。『私自身のための優しい回想』には、映画人オーソン・ウェルズ、作家のテネシー・ウィリアムズたちとの愛すべき思い出が綴《つづ》られています。そのひとり、バレエ・ダンサーのルドルフ・ヌレエフとのエピソード。

ふたりが出会ったときヌレエフは四十歳、サガンは三つ年上でした。最初サガンはヌレエフとうちとけられず戸惑っていましたが、夜更けにふたりでホテルのロビーに戻ったとき、じつにサガンらしい行動に出ます。

――私はふと彼に訊《たず》ねたように思う、いったいあなたは人間を愛しているのか、人生を、自分の人生を愛しているのか、と。彼は私に答えるために身を乗り出したが、そのとき、それまでの皮肉っぽい無感動な顔が、急に警戒心をといた子どもの、自分について真実を言いたがっている子どもの、感じやすく率直な顔になった。――

ふたりはそれから三日間ずっと一緒で、食事をともにし、街を歩き、会話を楽しんだのです。

ある歳になると、
そうですね、
四十歳くらいかしら。
自分が曲がり角を
どうエレガントに、
どう容易に曲がったか
自問するものです。

T

urn

友だちに望むもの

「ある歳になると、そうですね、四十歳くらいかしら。自分が曲がり角をどうエレガントに、どう容易に曲がったか自問するものです。私の友だちのなかには上手に曲がり角を曲がった人もいればそうでない人もいるわけです。自分たちと比べて、私のほうが曲がり角をうまく曲がった、と彼らが思っているかどうかは知りませんけれど」

この言葉を受けて、インタビュアーが、あなたの友だちに対する視線は鋭く、そして寛大ですね、それは友だちに何も望んでいないからですか？　と問います。

それに対しての答え。

「彼らに愛されたい、彼らが温かい人間であってほしい、彼らとの人生が温かいものであることを期待している、という意味では望んでいると言えます。でも生活の維持や生き方の指導でしたら、望んでいません」

とても頭の良い人に
意地悪な人はいないことを
彼に教わりました。

Smart

頭の良い人は「意地悪」ではない

多くの友人をもったサガンですが、特別な人がいました。「奇跡の友情」の相手、作家のサルトルです。

『私自身のための優しい回想』にも描かれていますが、一九七九年、サガン四十四歳、「サルトルへの愛の手紙」を公開したことからふたりは親密になり、サルトルが亡くなるまでの一年間、十日に一度、夕食をともにしました。モンパルナスの「クロズリー・デ・リラ」がお気に入りのレストラン。

サルトルはサガンより三十歳年上。ふたりは同じ誕生日でした。六月二十一日。

サルトルはすでに目も足も悪くなっていましたが、一年間、ふたりはじつに濃密な友情を育みました。

「私は彼の手をとって支えるのが好きだった。そして彼が私の精神を支えてくれるのが……」

この言葉にふたりの関係がよくあらわれています。だからこそ、サルトルが亡くなったときの喪失《そうしつ》感は大きなものでした。

「最後の最後まで彼はこのうえなく活力に富み、道徳的で、寛容な態度を保っていました。とても頭の良い人に意地悪な人はいないことを彼に教わりました」

CHAPTER

Ⅳ

Literature

文学と孤独

書くということは、
すでに知っていることを
創作すること。
自分の知性や記憶、心、
好み、直感、弱さを
すべて寄せ集めること。

ようするに、私はその朝、
自分が何よりも愛するもの、
今後一生涯愛し続けるで
あろうものを
発見したのだった。

W
rite

文学との出合い

「雷にうたれたような体験」は、十五歳の夏にやってきました。ヴァカンス中、海辺で、なんとなく広げた本、詩人ランボーの『イリュミナシオン』。

——言葉が私の上に降りかかってきた。……こんなことを書いた人がいるのだ。……それはまさに地上の美であった。……文学こそすべてなのだ。最も偉大な、最も非道な、運命的なもの。そしてそうと知った以上、ほかにすべきことはなかった。ようするに、私はその朝、自分が何よりも愛するもの、今後一生涯愛し続けるであろうものを発見したのだった。——

サガンの人生が決定づけられた瞬間でした。

そうと知った以上、ほかにすべきことはなかった。

サガンは文学にのめりこみます。読書に埋没し、やがて自分の言葉で書き始め、そして十八歳の夏に、デビュー作となる『悲しみよこんにちは』を綴《つづ》り始めるのです。

書くことについての言葉。

「書くということは、すでに知っていることを創作すること。自分の知性や記憶、心、好み、直感、弱さをすべて寄せ集めること」

私はカミュによって
すくわれました。
信仰をなくした私に
彼ははっきりと
語っていたからです。
神の代わりに
「人間」がいる、と。

H uman

神よりも人間への信頼

文学的にはかなり早熟だったサガンは十五歳になるころにはスタンダール、フロベール、そしてサガンにとって重要な作家となるプルーストを読破していました。カミュの『反抗的人間』に出合ったのは十四歳のとき。この本によってサガンはすくわれました。信仰をなくしたことで揺れていたからです。

偶然に連れて行かれたフランス南部の有名な巡礼地ルルド（神の奇蹟《きせき》があらわれたといわれる聖地）での体験がきっかけでした。気の毒な人たちが奇蹟を期待して集まっているけれど何も起こらない。すぐ近くに自分と同年代の少女が気の毒な姿かたちで嗚咽《おえつ》している。それを見て「そんなことを許している全能の神に対して嫌悪《けんお》の情をいだき、激しい義憤《ぎふん》と怒りにうながされて、神を自分の生活から追放した」のです。

カトリックの国フランス、十代半ばの少女はすでに無神論者でした。

カミュは、重くのしかかる神の不在について論じ、はっきりと言っていました。神がいない代わりに「人間」がいる、と。サガンの心は軽やかになりました。サガンはカミュの「人間性を信頼している」まなざしにすくわれたのです。

私は言葉が
好きなのです。
存在する言葉の
九割は好きです。

N
obel

言葉を愛する十八歳

一九五三年、十八歳の夏。パリのアパルトマンで、小さな青いノートに物語を綴《つづ》り始めました。六週間後に完成。タイトルは『悲しみよこんにちは』。

原稿をいくつかの出版社に送るとジュリアール社から連絡があり、サガンは社長の自宅を訪れました。彼は言いました。

「あなたの小説がとても好きなのですが、これが自叙伝でないことを願います。自叙伝だと、普通はそれ以外に書けないからです」

「自叙伝ではありません。幸い私の人生にはこんな陰惨《いんさん》な話はありませんでした」

彼は喜び、出版することを約束しました。彼は数時間で、すっかりサガンのファンになっていました。ひじょうに個性的、育ちの良さからくる上品な物腰、天才作家特有の感覚的な才気、十八という年齢。売れる要素は充分でした。

出版は翌一九五四年三月。初版は四千五百部。

「書きたい、言葉を使いたい、『悲しみよ こんにちは』を書き始めたときにしたいと思ったことは本当にこれだけです。私は言葉が好きなのです。存在する言葉の九割は好きです」

書きたい、言葉を使いたい、
『悲しみよこんにちは』を
書き始めたときに
したいと思ったことは
本当にこれだけです。

『悲しみよ こんにちは』は1957年に映画化された。主人公セシルを演じたジーン・セバーグ（左）と。ベリーショートのヘアスタイルは「セシルカット」として大流行した。この映画を観て、ジャン・リュック・ゴダールは『勝手にしやがれ』のヒロインとして彼女を抜擢し、映画史上に残る名作が誕生した。

『悲しみよ こんにちは』

原題は「BONJOUR TRISTESSE」。小説の最初に、詩人ポール・エリュアールの「直接の生命」が引用されています。その詩に「悲しみよ こんにちは」というフレーズがあり、そこからタイトルがつけられました。

印象的な書き出し。

ものうさと甘さがつきまとって離れないこの見知らぬ感情に、悲しみという重々しい、りっぱな名をつけようか、私は迷う。

主人公はセシルという名の十七歳の女の子。母を幼いころに亡くし、若々しく美貌の父親と二人暮らし。父娘は悪友のように仲が良く、セシルは父親の情事を知っていて、親子間でそれを話題にするような関係。

ある夏、セシルは南仏の別荘でバカンスを過ごしています。父の愛人の若い女性と三人での陽気な日々。そこへ亡き母の友人である知的で美しい大人の女性、アンヌがあらわれます。

四十二歳のアンヌは父親を魅了し、彼らはあっという間に結婚することを決めてしまいます。アンヌは規律正しい人でセシルに試験勉強のたいせつさを説いたり、海で出会ったボーイフレンドとの情事を咎《とが》めたりします。そんなアンヌにセシルは憧れと反発が入り混じった複雑な感情をいだきます。

そして、セシルはボーイフレンドと父の愛人だった女性を使って、父の結婚を妨害する計画を立てます。その結果、意図せずしてアンヌの死という悲劇が起こってしまう……。

この名作のラストは、次の文章で終わっています。

すると何かが私の内に湧きあがり、私はそれを、眼をつぶったままその名前で迎える。悲しみよ　こんにちは。

現代の世の中であれば
『悲しみよこんにちは』は
スキャンダルには
ならなかったでしょう。

A
bility

過剰なまでの才能をもった少女

『悲しみよ こんにちは』は、出版からおよそ二ヶ月後に文学的権威のある「批評家賞」を受賞。さらに文学界のご意見番であるフランソワ・モーリアックが絶賛。

「批評家賞が、十八歳の『魅力的な怪物』に授与された。こんな残酷な本に賞を与えていいのか、という声もあるが、私はそうは思わない。これは過剰なまでの才能をもった少女が書いた作品であり、聡明な獰猛《どうもう》さを感じる」

批評家賞を受賞した残酷な作品！　しかも著者は十八歳の女性、魅力的な怪物！

多くの人が書店に走り、あっという間に百万部に達しました。

その作品、そして作者その人がスキャンダルでした。

二十年後、サガンは当時を振り返って、スキャンダルの要因を分析しています。

十七歳の女の子が同年代の青年と性行為をし快楽だけを見いだし、それでいて夏の終わりに当然あるべき制裁である妊娠をしなかったこと。あとは父親との関係。父親の情事を知っていて、親子間でそれを話題にし、彼らがそれについて共犯意識をもっていたこと。「あの時代だからこそスキャンダルになったわけで、現代では珍しくもないことでしょう」。

成功とは太陽のようなもの。
最初は日差しを浴びて
いるのが気持ちいいけれど、
次第に肌がダメージを受けて
破壊されてゆきます。

F
ame

名声と誹謗《ひぼう》中傷の間で

『悲しみよ こんにちは』は、二十五ヶ国語に翻訳され、サガンは十九歳にして、世界的名声を得ました。五億フラン（約三六四億円／当時）の印税が入ってきました。

頻繁にカクテル・パーティーが催され、記者やカメラマンが殺到。マスコミが作り出した若き作家のイメージは、莫大《ばくだい》な収入、ウイスキー、ナイトクラブ、スポーツカー……。

サガンの名を聞いて、女優だと思う人も多いくらいでした。

「つまらない話のつまらない種になるということは憂鬱《ゆううつ》なことです。鶏程度の脳しかもたない人たちの相手をすることは、ある程度必要とわかってはいても苦痛でした」

誹謗中傷も多く、本人が書いたのではない、という噂《うわさ》まで流れました。あまりの大騒ぎに当然、戸惑いました。

「自分には責任がないと思いながらも罪悪感さえいだいたくらいです。一瞬だけ、ああ、これが名声か、と思いました。不思議なことに嬉しくありませんでした」

これから何が起ころうと、
私の人生のその一時期は
いつになっても
絶対に後悔しないという
確信があります。

G
amble

ギャンブルの破滅的な魅力

若くして富を得て、破天荒な生活を送っていたころを振り返っての言葉です。

いわゆる「サガン伝説」を彩るアイテムのひとつに「ギャンブル」があります。

「カジノで負けているとき、ほんの一瞬だけれども、小さな窓しかない薄暗い小さな部屋に自分がいて、一枚また一枚と枯葉が降りつもっていくような感じがして、破産するかもしれないと思うと、妙にロマンティックで文学的なイメージが浮かぶのです」

「良識あるひとたち」から何を言われようと、ギャンブルについては、とても楽しそうに語っています。

創作のインスピレーションを得るためにギャンブルに興《きょう》じたのではない。ギャンブルがたまらなく好きだったのです。誰しもそういう「場」があるように、サガンにとってはカジノが、豊かなものをもたらしてくれる場だったのです。

人はいつも
肉体的な条件に
依存しているのです。

S

prayed

死を前に知る当然の事実

サガン伝説のひとつに「スピード」があります。サガンはスピード狂でした。最初の印税でジャガーを買ったのをはじめとしてスポーツカーに夢中でした。

二十一歳。スピードの出しすぎで大事故を起こします。場所は南仏のミリ・ラ・フォレ。同乗の友人たちは車外に放り出され無事でしたが、サガンは車の下敷きになり、瀕死《ひんし》の状態。終油《しゅうゆ》の秘蹟《ひせき》を授けるために司祭が呼ばれたほどですが、ぎりぎりのところでパリの病院へ移送され、一命をとりとめます。

彼女が生死の境を彷徨《さまよ》っている間、新聞もラジオもその症状を刻々と報道。「スピードの出しすぎによる自動車事故で九死に一生を得た」ことは、ドラマティックなニュースであり、この事件はサガンの名声を、良くも悪くも決定的なものとしました。そして車とスピードはサガン伝説になくてはならないアイテムとなったのです。

肉体が壊れるという経験ははじめてのこと。のちに振り返って言っています。

「あの事故で、人はいつも肉体的な条件に依存しているのだということを知りました。バカみたいな、こんな簡単なことを」

私は自分の人生に運不運が
あったほうが好きです。
むらのない人生は私にとって
人生ではないのです。

L uck

「安心・安定・安全」への嫌悪

サガンの事故が、人々の興味と想像力をかきたてた背景には、半年前に、アメリカの有名俳優ジェームズ・ディーンが自動車事故によって二十四歳で亡くなったことがあります。サガンは彼と同じく「時代の病」を象徴する存在だと非難されました。

けれど、事故後も車への愛着は変わらず、事故から六年後、サガン二八歳のとき。写真家ヘルムート・ニュートンがジャガーに乗ったサガンを撮っています。毛皮のコートと煙草。文学界のヒロイン、サガン。これがフランス版『ヴォーグ』誌に掲載されました。

「スピード好きは死とたわむれる傾向が少しあります。生を愛する人は、その反対である死にも惹《ひ》かれます。スピードへの情熱は、情熱的恋愛にも少し似ています。全エネルギーを投入し、自分の情熱の完全な虜《とりこ》になっているわけですから」

「安心、安定、安全が私は嫌いです」とサガンは言います。安心・安定・安全のなかでは、生の実感を得られない人がいます。サガンがそうでした。

「それでも私は自分の人生に運不運があったほうが好きです。むらのない人生、すべてに甘んじることは私にとって人生ではないのです」

はじめての結婚のときは、
結婚というものを
信じていました。
愛する男性と一緒に
暮らす必要があると、
長続きできるものだと
信じていたのです。

P
artner

二十歳年上のパートナー

サガンは生涯に二度結婚していますが、一度目のときは、結婚というものを信じていました。

相手はギィ・シェレール。プロモーションで訪れたニューヨークで出逢いました。二十歳年上。教養ある敏腕編集者。サガンは彼に夢中で、彼もサガンに惹《ひ》かれていました。

彼は知的で上品な快楽主義者。サガンが小説のなかで描き出していた男性によく似ていました。サガンはかなり年上の、人生に疲れた風情《ふぜい》の男性が好みでした。

どっちつかずの複雑な関係が二年間続き、サガンは彼としばらく距離を置くため、南仏に行き、その翌日大事故を起こしたのです。

ギィが見舞いに訪れたのは、事故から一ヶ月後のこと。包帯だらけのサガンに彼は言いました。

「君が死ぬのを見るくらいだったら、結婚したい」

一九五八年、二十三歳。サガンは結婚しました。バティニョールの市役所から出てきたふたりを、二百人のカメラマンと記者たちが取り囲みました。

結局、結婚というものには
単純な選択が存在しているのです。
妥協《だきょう》を重ねながらでも
その人と暮らしていたいか、
あるいは、一緒に暮らした場合の
妥協の苦しさが、ふたりでいるときの
楽しさを超えてしまうか、
どちらかなのです。

D

ivorce

話したいことがない相手

はじめての結婚は長くは続きませんでした。ふたりとも強い個性のもち主であり、それぞれのライフスタイルがあり、生活時間帯も交友関係もまるで違いました。

サガンにとって結婚生活における「妥協」は選択肢にありませんでした。とくに感情面での妥協を嫌い、徹底的にふたりの関係を見つめました。「恋愛」をテーマにしている作家です、そこは自分自身に容赦がありません。

めずらしくふたりで夕食をとっていたときのこと。サガンは気づいてしまいます。その日の出来事でもなんでも、夫に話したいことがない、ということに。

「話したいことがない」という事実は決定的でした。

会話をことのほかたいせつにしているサガンにとって、これは関係の終焉《しゅうえん》を意味しました。「話さなくてもわかる」「ふたりの関係は安定し始めたのだ」という自分への言い訳はサガンのなかには存在しませんでした。サガンは夫に告げました。出てゆくわ。結婚生活は一年ちょっと。実際一緒に過ごした時間はそれほど多くはありませんでした。

そのままにしておいて、
きれいだものの。

N
atural

無造作な美が好き

サガンが生涯愛することになる別荘を購入したのは、最初の結婚生活が終焉《しゅうえん》に向かっていたころのことです。

二十五歳の夏。ノルマンディーのオンフルール郊外、シャトーのような館《やかた》を借りて友人たちと過ごしていました。明日は館を家主に明け渡さなければならないという日、八月八日、カジノに出かけて、ルーレットで大儲け。八の目に続けて賭けて八百万フラン（約六億円／当時）を手にします。

「家主が家を安く、まさに八百万フランで手放したいと切り出したとき、私は即座に飛びつきました」

サガンはこの別荘を死ぬまで愛しましたが、インテリアにもこだわらず庭も整えませんでした。葡萄《ぶどう》の蔓《つる》が窓から屋内に入りこんでも気にせず、階段に落ち葉が散らばっていれば「そのままにしておいて。きれいだもの」と言いました。

自然にまかせた無造作な美。これがサガン邸の魅力であり、サガン自身の魅力にも通じていました。

子どもをもつことは
死ぬ自由を失うことです。

S
on

自分の作った生き物を見たい

一九六二年、二十七歳。男児ドニを出産。

「子どもが欲しいというのは、大昔からの、原始的で野蛮な本能で、自分の作った生き物を見たいということです」

息子ドニの存在は大きく、そのまなざしにサガンは自分に向けられた期待と信頼を見ました。

「そのまなざしを浴びて、私は死ぬ自由を失ったことを知りました。息子はたくさんのことを理解するために私を必要としている、と感じるのです」

父親はボブ・ウエストホフ。一年前に出会った美貌のアメリカ人。出産の前年、二十六歳のときにサガンはボブと結婚しています。理由は息子のため。両親も未婚の出産には反対でした。サガンの保守的な一面を見ます。

二年後に離婚し、けれど同居は続けました。奇妙なように見えますが、これがサガンのスタイル。嫌いになったわけではない。お互いの恋人を認め合い、気が合うし楽しいし、彼にはお金がないのだから一緒にいればいい。息子だってまだ幼い。ただ、結婚を維持することは、自分を偽っているようで居心地が悪い。

一九七二年、三十七歳のときに十年にわたる同居を解消しています。

そのまなざしを浴びて、
私は死ぬ自由を
失ったことを知りました。

私が孤独になっても
息子にはどうしようもないし、
彼が孤独になっても
私にはどうしようもありません。
ただ、お互いに最善であろうと
するだけです。

A
ffection

子どもがいても孤独はある

サガンは息子を愛しましたが、溺《おぼ》れることはありませんでした。

「息子に対する私の愛情はいちばんたいせつなものです、だからといって、私に大災害がふりかかれば、息子がいても私はやはりとても不幸になるでしょう。私が片思いをしたり、友だちを亡くしたりしたら、息子がいても私は悲しむでしょう。母性愛をもっていても、ほかの世界にも開いているということです」

「母性本能が自分の子どもを愛することなら、私にもあるでしょう。子どもを自分の所有物とすることだったら、私にはありません」

子どもがいるから孤独ではない、という考えもありませんでした。

「私が孤独になっても息子にはどうしようもないし、彼が孤独になっても私にはどうしようもありません。ただ、お互いに最善であろうとするだけです」

子ども時代を振り返って息子ドニは言います。

「自分以外の人を尊重すること。それが真っ先に私に課せられたルールでした」

私にとってのバランスは、
夜は恐怖なしにベッドに入り、
朝は失望することなく
目覚めることです。

T
rust

深い愛情をもつ人

元夫ボブとの同居を解消し、サガンはペギー・ロッシュと一緒に暮らすようになります。

ペギーはサガンにとって最愛の女性でした。

南米人の血を引く彫りの深い顔立ち、七十年代のモード雑誌から出てきたようなスタイル。ファッション雑誌『エル』の編集長をしていたこともあり、サガンと出逢ったころは、彼女自身のファッション・ブランドをもつ、モード界で華やかに活躍する女性でした。

サガンとペギー。ふたりとも才能豊かで自由な生活を好む自立した大人。

「私にとってのバランスは、夜は恐怖なしにベッドに入り、朝は失望することなく目覚めることとです。自分について思うことと、自分の実際の人生との間の調和みたいなものです。最低だと思わない状態に自分を保つことです」

ペギーは、そんなサガンを優しく保護しました。サガン専属のスタイリスト、栄養士も兼ね、ペギーのおかげでサガンの生活にある種の秩序が生まれました。繊細で、精神が不安定になりがちなサガンを、ペギーは深い愛情でつつんだのです。

人はいつも何かに
頼ってしまいます。
それが恐ろしい
ことだと思います。

S
ick

人は折れてしまうもの

一九七三年、三十八歳の夏。精神病院に入院したサガンを取材しようとマスコミが病院に押し寄せました。若いころから精神の乱調が彼女を悩ましていました。

さらに二年後、激しい痛みに襲われます。膵臓《すいぞう》炎でした。入院した病院では痛み止めとしてモルヒネ系の薬剤が処方されました。交通事故のとき中毒になり、やっとの思いで克服した経験があったものの、ふたたび依存症に陥ってしまいます。

「だいたいの場合、人生は、人生のあるべき姿とはまったくかけ離れたものになってしまっています。人は折れてしまうのです。でなければ人間のなかの何かが折れてしまうのです」

「だから冷酷で明白な事実として、人は今日、聡明であろうと愚かであろうと、敏感であろうと鈍感であろうと、活発であろうと不活発であろうと、たいがい三つの圧制の被害者なのです。つまり、アルコール、薬物、精神安定剤」

だいたいの場合、
人生は、人生のあるべき姿とは
まったくかけ離れたものに
なってしまっています。
人は折れてしまうのです。
でなければ人間のなかの
何かが折れてしまうのです。

死を覚悟して、
より軽率になった
かもしれません。
私にとって軽率さとは
エレガントなもの。
うまくいかないときの
避難場所です。

Death

死への覚悟

四十三歳、来日した年は死を覚悟した年でもありました。膵臓癌《すいぞうがん》の疑いあり、という診断を受けたのです。サガンは、手術前、執刀医に誓わせました。

「手遅れだとわかったら絶対に私を麻酔から覚めさせないで」

幸いにして癌ではなく、一命をとりとめました。二十一歳のときの自動車事故に続いてこれは二度目の「死を覚悟した」事件。この経験は、サガンの生と死に対する意識に強い影響を与えました。

以前から言っていました。

「無頓着はひとつの生き方だと思います」

それからときが経《た》って、死を覚悟して、「より無分別に、より軽率になったかもしれない」と言っているのです。「軽率」とは慎重ではないこと。死に直面したら逆になりそうなところですが、死の近くに身を置き、「生」をとらえなおしたサガンの、これが「生き方」なのです。

人生の小さなドラマに対して、
自分を笑って、
ユーモアをもつことが
必要だと思うのです。

D
estiny

人生の小さな悲劇に面して

一九八八年、五十三歳。身内の不幸が続いた苦しい年でした。大の仲良しであった兄のジャックが、その一ヶ月後に母親が、続けて元夫で息子ドニの父であるボブが病気で亡くなったのです。

「さまざまなことが積み重なる時期というのがあって、そのときはどうしてだかその積み重なりを侮辱であるように感じてしまいます」

それでも書くことだけは続け、五十六歳のときの新作『逃げ道』は大評判となりました。主要各誌がシックな装いのサガンの写真とともに書評やインタビュー記事を載せ、テレビでもゴールデンタイムにサガンのインタビュー番組を放映するなど、久々の熱気につつまれました。これを執筆していた当時の彼女の境遇、次々と訪れた身内の不幸を考え合わせれば、作家としてのサガンの底力を思わずにはいられません。

「たいせつな人々を亡くした心の傷を癒《いや》すために、今度はとにかく笑ってみたかった、人を笑わせるような作品を書きたかったのです」

苦境に必要なのは笑いとユーモア。これはサガンがいつも言っていることです。

「人生の小さなドラマに対して、自分を笑って、ユーモアをもつことが必要だと思うのです」

これからは、
誰と眠ればいいの？

E
xpress

不器用な愛情表現

『逃げ道』が刊行されたころ、最愛のペギーが肝臓癌《がん》に冒されていることを知ります。余命半年。

サガンは本人に知らせないことにしました。けれど何かしないではいられなくて、カルティエの時計をプレゼント。喜ぶペギーの顔を見て翌日、別の時計をプレゼント。「だって、あんなに喜んでくれたんですもの」。その次の日も時計をプレゼント。サガンの動揺と、あふれ出るペギーへの愛情、不器用な愛情表現がここに表れています。

最後の入院の日。ペギーは二人の看護師に両脇から支えられ、階段を下りる途中、上階から見送るサガンの親友フロランス・マルローに言いました。「彼女のこと、頼むわね」。最後の最後までペギーはサガンを心配し、サガンを愛していました。

入院したペギーは急激に衰弱してゆき、サガンは恐怖のあまり病院に行くこともできませんでした。現実と正面から対峙《たいじ》し、そして適切な対処をする、そういう能力を、サガンはもちあわせていなかったのです。

医師からペギーの死を告げられたとき、サガンは秘書の腕に崩れ落ちました。

「これからは、誰と眠ればいいの？」

自分の半身、恋人のように
感じられる人は、
血がつながっていなくても
家族なのです。

D
espair

不眠、拒食症、自殺未遂

愛するペギーが亡くなり、サガンはかたく目をつぶり、すべてを拒絶しました。霊安室にも行かず、葬儀のときも教会に入りませんでした。けれど、ペギーを自分の故郷カジャールに埋葬することは強く主張しました。

サガンは以前より「血がつながっていなくても家族」と思える親友や恋人たちに、同じ墓地に入るよう勧めていたのです。

墓地には両親、兄、元夫ボブが眠っています。そこにペギーが加わりました。愛する人たちが相次いで逝《い》ってしまった。みんな、ひとりで眠る方法をサガンに教えないまま逝ってしまった。

サガンは夜が怖くてたまりませんでした。ひとりで眠らなければならない夜が……。薬を飲んでも眠れず、不眠、拒食症、自殺未遂までもしました。

「自殺は他人に自分の死を押しつける行為。エレガントな自殺なんて稀《まれ》です」

自殺には否定的なサガンでしたが、現実が限界を超えてしまったのです。

五十六歳。ペギーを喪《うしな》ったサガンは、それからの二年間何も書けませんでした。こんなことははじめてでした。

生きるということを学ぶのに、
年齢は関係ありません。
そもそも人が生きるというのは、
再出発すること、再開すること、
「息を吸い直す」ことの
繰り返しではないでしょうか。

Hope

苦悩のなかの光

以前のようなペースで書くことができなくなり、売れ行きもよくない。けれどもお金の管理が苦手だから出費をおさえられず、当然の結果として、ペギーを喪《うしな》ったころ、五十代の半ばにはサガンの経済は破《は》綻《たん》していました。夫がイスラエルの大富豪であるイングリット・メコーラムがサガンを経済的に支えますが、実際の生活の面倒を見たのは、マリー・テレーズ・ル・ブルトン。田舎育ちで頑丈で、慈愛にあふれた女性でした。彼女はサガンが足が痛いと言えば足をさすり、背中といえば背中を、そして心が辛《つら》そうなときは抱擁しました。

六十四歳。、息子ドニの結婚式にサガンは欠席。骨粗鬆症《こつそしょうしょう》が悪化し、腰の手術も何度も受けていて、歩行がきわめて困難になっていたのです。

お金もなく、体もぼろぼろ、すでに終わっている、と見た人も多かったでしょう。けれど、サガンは書くことだけはやめませんでした。もっとも重要なことを諦めていないということにおいて、サガンは生きることを学び続けていたのです。

私は限界（これで終わりという底）など
ないということを発見した。
人間に関する「真実」というものは、
いたるところにあり、そして私は
それを知りたいけれども、
けっして完全に知ることはできない。

P
roust

失われた時を求めて

最晩年を過ごしたオンフルール郊外の館《やかた》。サガンのベッドは、プルースト(『失われた時を求めて』で知られるフランスの作家)が使っていたのと同じ型のものでした。サガンにとってプルーストは特別な小説家。十代のころ、ジッド、カミュ、ランボーに続いてプルーストの作品と出合い「書くということの本質を発見した」のです。プルーストについて述べた文章のほんの一部ですが、紹介します。

——私は限界(これで終わりという底)などないということを発見した。人間に関する「真実」というものは、いたるところにあり、そして私はそれを知りたいけれども、けっして完全に知ることはできない。

私はある感情が生まれ、死ぬまでのことを描きたい。それをするために一生を費やす。けれど何百万ページ書いたとしても、限界にふれることはない。

人はけっして目標に到達しない。そして私は自分がしたいことの半分、その坂道の中腹、いや千分の一までしか到達できない。……そういったことを、私は発見した。ようするに私はプルーストによって、私の情熱〈文学〉のなかに存在する困難と、序列の感覚を学んだのだった。いや、私はプルーストからすべて学んだといえる。——

死ぬまで私は書きます。
本が売れなかったとしても。

A
uthor

死ぬまで私は書きます

最晩年、タイプライターを打つ力もなくなっていたけれど、それでもサガンは書き続けていました。敬愛する作家プルーストと同じ型のベッドのなかでペンを手に「美しい赤いファイル」に新しい小説の構想を書きつけていました。「私にはたくさんの主人公が待っている」と言って。まだまだ書きたかった。人間というものを、その孤独と愛を、もっと書きたかった。

「死ぬまで私は書きます。本が売れなかったとしても」

「いい本、偉大な本というものがありますが、自分も一冊はそういうのが書けるという自信がもてるようになるなら、どんなことでもします。私は正直な態度を信じています。正直であることは、私にとってまさに、ある価値に対してもっているイメージを重んじることです。私が重んじようと努めている価値というのが文学です。ほんとうにそうです」

サガンは二〇〇四年九月二十四日、オンフルールの病院で、息子ドニたちに囲まれて亡くなりました。六十九歳でした。

生地カジャールの両親、兄、ペギーが眠る、サガンの墓石は装飾がなく、これから書かれるのを待つ真っ白なページのようです。

何年生きたかではなく、
生き方そのものが
問題なのです。

W
ay of life

認めてくれる人がいればいい

六十九歳で亡くなったサガン。

以前から言っていました。「何年生きたかではなく、生き方そのものが問題なのです」。


十五歳でランボーの詩に出合い、雷にうたれたようになって、文学こそすべてなのだ、そして、そうと知った以上、ほかにすべきことはない、と確信したサガンは、まさにこの言葉のまま生きました。死の直前まで、ぎりぎりまでそうでした。


無茶もしたけれど、文学には忠実でした。

文学を愛し言葉を愛し、書き続けました。


あるインタビュー。

――読者にどんなものを残したいですか？

――私の本を読んでくれた人のなかに、彼らの問題を和らげるような、やさしい、あるいは叙情的な答えを与える声をそこに認めてくれる人が五、六人でもいれば、それだけでいいと思っています。

CHAPTER

V

Identity

孤独

人は皆、
はるかに繊細で感受性があって
孤独だと私は思っています。

人は孤独のなかで生まれ、
孤独のなかで
死んでゆくのです。
その間はなるべく
孤独にならないように
努めるわけです。

L
onely

孤独だからこそ、孤独にならないように努める

二十四歳、『ブラームスはお好き』出版の際の記者会見でサガンは言っています。自分の小説のテーマは「孤独」であると。

「私の作品にはテーマが二つあります。たしかにいつも同じです。恋愛と孤独。孤独と恋愛という順で言ったほうが正しいかもしれません。主要テーマは孤独のほうですから」

サガンにおいては「孤独」は「恋愛」とセットで語られます。

「恋愛は孤独に対する唯一の緩和剤です」

限られた人生のなかで「私は孤独ではない」と信じたいから、「私に耳を傾けてくれる誰か」「私を見つめてくれる誰か」を求めるのです。それが「恋愛」であり、恋愛にピリオドが打たれるまでは、孤独をあまり感じないでいられる。

「人の孤独と、孤独からどのように人が逃れようとするのかが私にとって、もっともたいせつなテーマなのです」

「孤独」は「人間であること」と同義語で、「自分自身とともにあること」。孤独であるのは、だから当然のこと。そこからすべてが展開されます。

私が本当に
孤独を感じるのは、
大勢の友だちに
囲まれているときが
多いのです。

A

lone

大勢のなかの孤独

ひとりでいるときよりも、喧騒《けんそう》のなかに身を置いているときのほうが孤独を感じることが多い。そういう人は少なくないでしょう。

サガンは少女時代、両親、姉と兄に可愛がられて育ちますが、それでもこんな雨の日の記憶があります。「とても幸せでとても甘やかされていながらも、とても孤独だった記憶があります。……窓ガラスに鼻をくっつけていたとき、もちろん何時間ものあいだ」

もうこのころから、生涯のテーマとなる「孤独」が、サガンの真ん中にありました。

「私は孤独を学んでそれを評価しています。私にとって孤独というのは、不変で、伝達不可能で、わりに混乱していて、つまりほとんど生物的なまでの自我を意識することなのです」

サガンにとっての孤独は、彼女の人生そのもの、生きるとは何か、人間とは何か、そういったことを考えるときの基本にあるものでした。

もちろん、ひとりきりで過ごす時間もたいせつにしています。けれど、「紅茶を飲みながらレコードを聴いたりして、ある日の午後をひとりで過ごすことと、本当の孤独とを、私はちゃんと区別しています」。

幸せを求める道は、
つねに死という概念を
念頭に置いて生きること
かもしれません。

A
lcohol

相手の本当の姿が見えるとき

二十一歳の自動車事故で生死を彷徨《さまよ》った経験は、サガンの「死」に対する考え方に、当然ながら大きな影響を与えました。

「死は人間のあらゆる行動のいい分母です」

「自分はいつか死ぬ、そしてまわりの人々もいつかは死ぬ」、この事実がつねに人生の分母としてあると、生が輝く。

「人の話を聞いているときに、急に相手は死ぬのだと思うことがよくあるのですが、そうすると聞き方が変わってくるのです。ほんとうの姿に戻された相手が見えるのです。ほんとうの私たちの姿が。それで彼らの演技する芝居を追い払って、どうしてそんなふうに動きまわるのか、真面目になるのか、傲慢《ごうまん》な態度をとるのか聞きたくなるのです」

お酒などを飲んで、相手がやっと本音を語り出したときの、相手の素顔が見え始めたときの、その瞬間がサガンは好きでした。

ひどく苦しいときは
誰でも孤独です。
深い愛情をもってくれる
人たちでさえ、
どうすることも
できないのです。

P
ain

自分の痛みは自分だけのもの

「車の事故以来、人間は孤独だという確信をすでにもちました。ひどく苦しいときは誰でも孤独です。深い愛情をもってくれる人たちでさえ、どうすることもできないのです」

自分の痛みは自分で引き受けるしかない。どんなに愛してくれている人でも、身代わりにはなれない。この、当たり前ではあるけれど、冷酷で悲しい事実を、サガンは身をもって知りました。

サガンはスタンダールのこの言葉が好きでした。

――孤独は何事をももたらすが、性格の強さだけはもたらさない。

人間と孤独、あるいは
人間と恋愛との関係。
それが人間の存在の
基盤になっていることは
確かです。

B

lame

人間を深く掘り下げたい

世界で重要な事件が起こっているのに狭い世界の恋愛物語ばかり書いている。サガンはそんな非難をずっと受けてきました。けれどこういった非難に対して、サガンは明確な意見をもっていました。

「私がいちばんうたれるのは、知っている人にしても、昔知っていた人にしても、あるいは自分自身にしても、皆が感じるその絶え間ない孤独のようなもので、これはけっして軽いテーマ、小さなテーマではありません」

「私は貧困や金銭的な難問題を経験したことがない以上、自分の知らない、あるいは自分が直接感じたことのない社会問題を語ったりして、俗に言うように『うまく金儲けをする』ことはしないと思うのです」

「感情はどこでも同じです。環境が違っても変わりないのです。人間を深く掘り下げていくことは、発明発見を追い求めるよりずっと人間を知るようになります」

戦争を扱ったから、貧困を扱ったから、それが偉大な作品であるということにはならない。人間の真実を「孤独」と「愛」をキーワードにして追求し続けたひとりの作家にとって、いまそこに存在するひとりの人間を深く掘り下げることが、なにより重要なことでした。

人は皆、自分で思っているより、
あるいは周囲から思われているより、
はるかに繊細で感受性があって
孤独だと私は思っています。

T
itle

肩書はいらない

サガンは、人が好きでした。

真の意味で、「その人」に興味をもつ人がそうであるように、いつだって、社会的地位や属しているグループで、その人を見ることがありませんでした。

サガンはあくまでも「そのひと個人」として相手を見ました。

はじめての人と話すとき、サガンが問いかけるのは、どんな本を読んでいるか、どんなときに孤独を感じるか、恋をしているか、幸せだと思えるのはどんなときか、そういう人間の内面の部分についてでした。

次の言葉にも「個人」があります。

「『世代』という言葉を私はあまり信用していません。結局は個人個人のストーリーでしかないのではないでしょうか」

ああ、私どうして
こんなに人間が
好きなのだろう。

S
entiment

すべての人が愛おしい

二十六歳のときの小説『すばらしい雲』から。

あるパーティーで、ヒロインのジョゼは二年ぶりに会った自分とほぼ同年代の女性が驚くほどに老けてしまったことに驚きます。

――「情熱……」とジョゼは思った。「むくみ、肉がこけた情熱の顔。その下に二段のパールのネックレスをかけている。ああ、私どうしてこんなに人間が好きなのだろう……」

浪のようなものがジョゼを昂《たかぶ》らせた。彼女は突然老けてしまったこの女と何時間も話したかった。話させて、すべてを知り、すべてを理解したかった。彼女はここにいる人たちのひとりひとりについてすべてを知りたかった。どんなふうに彼らが眠りにつくか、どんな夢を見ているか、何が彼らを怖がらせるか、それから何が彼らを喜ばせ苦しませるか……。一分間のあいだ、彼女はすべての人たちを愛した。彼らの野心と、虚栄と、幼稚な防御と、それから各自の内部にふるえてけっして止《や》まないその小さな孤独も。――

ひとりの女性から始まって、その場にいる人々のすべてを、生きているというだけで、孤独を共有しているというだけで、愛おしいと思う、一分間のドラマです。

私を
ひとりぼっちに
しないで！

L
onesome

私をひとりぼっちにしないで!

四十二歳のときの小説『乱れたベッド』の主人公エドワールは劇作家。あるとき、とあるシナリオを読み、「私はあなたなしでは生きられないわ」といった、通俗的な表現に、最初は胸がむかむかします。

けれど、すぐに気づくのです。

いつの時代も、みんな言いたいことは同じなのだ。芸術家はそれを自分だけにしかできない方法で表現すべく、格闘しているのだと。

——太古以来、それは同じ懇願であり、同じ恐怖、同じ要求なのだ、つまり、私をひとりぼっちにしないで! ということだ。苦労して新しいことを探しまわる必要はないのだ。あらゆる文学、あらゆる音楽はこの叫びに由来する。——

孤独を恐れ、そこから逃れようという言葉、「私をひとりぼっちにしないで!」。

このシンプルな叫びがサガン芸術の根本のところにあります。

死ぬ、よろしい。
けれど地球が爆発し、
あるいは永久に
破壊されてしまう間、
誰かの喉もとに
鼻をうずめて死にたい。

S
leep

ひとりで眠ってはならない

三十七歳のときの作品『心の青あざ』の一節です。

いくども死の淵を彷徨《さまよ》った経験をもつサガンは「死」を恐れていませんでした。

「あなたにとって死は何を意味しますか?」という問いに簡潔に答えています。

「死は人生の終わり。いつか来るときがきます」

彼女を怯《おび》えさせたのは、死ではありませんでした。

半世紀にわたってサガンと友情関係にあったフロランス・マルローは言います。

「彼女は孤独に耐えられなかった。ひとりで留守番するのを怖がる子どもみたいに、まわりに誰もいないことが彼女にとってはつらかった。私から見ると、それが彼女の作品を読み解く鍵のような気がする」

『心の青あざ』にはこんな一節もあります。

――ひとりで眠ってはいけない。ひとりで暮らすのはまだいいけれど、ひとりで眠ってはならない。――

ひとりで眠ることを恐れていたサガンの、夜のふるえが伝わってくるようです。

誰もが孤独を感じ、
あなたと同様、
ほとんど死以上に
生きることを怖れているのだ
ということを、
あなたは知っていますか？

A
nxiety

生きることへの怖れ

『心の青あざ』に、サガンが読者に直接問いかけているシーンがあります。サガンに向かって誰にも言えないすべてを告白してしまいたくなるような問いかけです。

あなた方、親愛なる読者たち、
あなた方はどんなふうに生きているのですか？
人生によって動きがとれなくなってしまう以前に、
あなたは誰かを愛しましたか？
それから、あなたのほんとうの目の色を、
ほんとうの髪の色を言ってくれた人はいましたか？
それから、あなたは夜、怖がりますか？
みな誰もが孤独を感じ、
あなたと同様、ほとんど死以上に生きることを
怖れているのだということを、あなたは知っていますか？

TUBORG

おわりに

本書の執筆にとりかかったのは、二〇二〇年一月の中ごろでした。WHO（世界保健機関）が新型コロナウイルスの感染状況について、パンデミック（世界的な伝染病の流行）であることを表明したのが三月十一日、私が住む東京にはじめて緊急事態宣言が出されたのが四月七日（五月二十五日に解除）、執筆期間はちょうどこのころと重なっていました。

原稿を完成させたものの、コロナ禍による影響は書店にも及び、さまざまな事情で出版が延期となり、このあとがきを書いているのは二〇二〇年が終わろうとしている十二月二十七日です。

最初の原稿を書き上げてから現在までの八ヶ月、ほかの原稿を書いていたので、本書そのものとは離れていましたが、サガンから離れることはありませんでした。離れないどころか、いつも以上にサガンを必要としていたように思います。

コロナ禍という暗雲が世の中を重く覆《おお》うなか、唯一、私が自分自身に課したことがあって、それは、どんなに醜《みにく》いと思うようなことでも、どんなに悲しいことでも、いま私が生きているこの時代を、人間を「よく見る」こと。

そのためには、私自身の軸を保たなければならないのに、しばしば揺らぎ、そんなとき私を支えてくれたのがサガンの言葉の数々でした。

パンデミックはさまざまな方面で、さまざまな場面で、その人自身の本質を炙《あぶ》り出してしまいました。

私はこのコロナ禍で、周囲の人たちの、これまでは知らなかった面を見ました。

そして実感したのです。

同じような環境にいて同じような情報を共有していても、何を感じとるか、危険性、安全性、楽観、悲観、もろもろすべては個人の感受性、性格なのだということを。

また、直接的には知らないさまざまな分野の専門家たちが、さまざまな意見を述べています。

どの人の意見を自分のなかにとりいれようか、と考えるとき、私がひとつの基準としたのが知性です。その人が知性の人かどうか。

サガンの知性に対する考え方に私は全面的に賛成なので、基準としたのは本書でも重要なテーマとなっている、サガンの知性です。知性は、その人の文章、話し方、視線などにあらわれます。サガンの知性についての言葉から離れずに「よく見る」ということをしたなら、私なりの判断が可能になります。

サガンが言う「善悪の曖昧《あいまい》さ」、これについてもあらためて考えさせられています。

モラルの問題です。

何が善で何が悪なのか、何が正しくて何が間違っているのか、何を信じればいいのか何を信じたいのか。混沌《こんとん》とした状況のなかで私がしっかりと抱きしめているサガンの言葉があります。

——唯一のモラルは美にあるのです。

私はコロナ禍において何か特別な活動をしているわけではなく、生き続けて書く、という個人的活動を続けているだけですが、コロナ禍における立場を問われたなら、この言葉に集約されるかもしれません。

パンデミックのなかでは集団狂気《マス・ヒステリア》の警戒も重要です。ひとり狂気はそのひとの事情があるだろうからいいけれど、集団狂気は美しくない。私はそう考えるので、自分が美しくないと思う集団のなかのひとりにはなりたくないのです。

生活が激変したことで、私のまわりにも、それほど深刻ではないものの精神に支障をきたす人も少なくありません。

私自身は、もともと通勤のない生活スタイルなので、コロナ禍にあっても実際の生活そのものは変化がないから、それほどの影響はないだろうと思っていたけれど甘かった。世界を覆う不安、陰鬱《いんうつ》さ、暗澹《あんたん》たる空気がじわじわと私を侵食していたのです。それに侵されてうつうつとしているときは、不幸であることは品位を落とした状態、というサガンの言葉を思い出したものです。そして、制約があるなかでも個人的な悦《よろこ》びをたいせつにしよう、品位を落とさないために。そんなふうに自分に言い聞かせ、精神の暗闇から抜け出してきました。何度も何度も。

そんな精神活動をしているときには、サガンがことのほか尊んだ「笑うこと」の重要性も痛感しました。大笑いしたあとは頭も心もきもちがよくて、人間関係の鍵は笑いを共有できるかどうか、というサガンの言葉はほんとうだな、とつくづく感じました。

悦びにしても笑いにしても、人はまず心。

たとえば、戦時下であっても人々が芸術……美にふれることを求め、ユーモアを忘れないことで難局を乗り越えたという過去の数々の事例を考えても、いま、この時代を生きぬくために何が必要かといえば、心がいかに潤《うるお》っているか、これにつきると思います。

自分は何をすれば心地よくいられるのか、品位を保つことができるのか、生きている実感を得られるのか、そういうことです。

そして、孤独。

人と人との接触自体が罪であるという、精神的に過酷《かこく》な状況のなかで、どれほどの人が、孤独にふるえていることか。

サガンが言うように、人間であるということは孤独であることと同義、だから孤独なのは当然のことなのだけれど、なるべく孤独を感じないで生きたい。

これを大前提としつつ、サガンと同じように私にとっても、ひとりきりで過ごす時間と孤独であることはまったく別です。

ひとりきりで過ごしていても自分自身とうまくつきあえているとき、

私が私自身とともに過ごせているときは孤独を感じません。

それではどんなときに孤独を感じるのかといえば、私自身を見失い、私とともに過ごせないときで、そんなときは誰かほかの人が恋しくなって、さびしくてたまらない。孤独におしつぶされそうになります。

絶望は夜よりも朝にくるけれど、孤独は夜にやってきます。

そんな夜、そっとやさしく寄り添ってくれるのが、同じように孤独を感じることを恐れてたサガンなのです。

私とサガンとのつきあいは、もう三十五年くらいになるでしょうか。

私の書棚にはサガンのコーナーがあって、十冊ほどの単行本と、赤い背表紙の新潮文庫二十数冊が並んでいます。人生のさまざまな場面で何度も何度も読み返してきました。

サガンが亡くなった二〇〇四年の秋、私は三十八歳でしたが、その報にふれたとき、私を支える何本かの支柱が一本、確実になくなったと感じました。あの日の部屋の空気感、窓外の風景までよく覚えています。

二〇〇九年の夏、サガンの伝記映画「サガン――悲しみよ　こんにちは」が公開されたときには、日比谷の映画館で鑑賞。ひどく胸うたれ、恥ずかしいほどに涙があふれてしばらく席を立てませんでした。映画そのものに感動したというよりは、そこにサガンという人が描かれているということ、それだけで私には充分で、私はほんとうにこの人が好きなんだ、と思ったものです。

だから二〇一〇年の秋に『サガンという生き方』を出版できたことは、特別に嬉しいことでした。

あれから十年。

サガンの言葉を集めた本を出版できることに、ずっしりとした感慨があるのは、サガンが私にとってきわめて重要な作家だからという理由以外にも、いまこのような時代だからこそサガンの言葉を必要としている人がいる、と感じるからです。本書の出版は「コロナ禍のなか、私にできること」のひとつ、そう思えるからです。

担当編集者は「読むことで美しくなる本」シリーズ（言葉シリーズ）をずっと一緒に作ってきた大和書房の藤沢陽子さん。オードリー・ヘップバーン、マリリン・モンロー、ココ・シャネル、ジェーン・バーキン、マドンナ、カトリーヌ・ドヌーヴに続いて言葉シリーズも七冊目になりました。
ある日のオンライン・ミーティングの途中、陽子さんはしみじみとした感じでおっしゃいました。……サガンのやさしい孤独を多くの人に届けたいですね。

誰もが孤独。

生まれてから死ぬまでずっと、そう。わかってはいても、そして、どんなに愛していても愛されていても、人は孤独である、ということに私はかなしみをいだいています。

だから孤独を感じないでいられる時間がとてもたいせつなのです。
私と同じような想いをいだくあなたへ本書を捧げます。

サガンが好きなベートーヴェンの七重奏曲が流れる都会の部屋で
二〇二〇年十二月二十七日　山口路子

フランソワーズ・サガン略年表

西暦	齢	事項
1935年		6月21日　フランスのカジャールに生まれる。
1954年	19歳	『悲しみよ　こんにちは』が世界的なベストセラーに。
1956年	21歳	『ある微笑』
1957年	22歳	自動車事故。生死の境をさまよう。『一年ののち』
1958年	23歳	ギィ・シェレールと結婚。
1959年	24歳	『ブラームスはお好き』
1960年	25歳	ルーレットで八百万フラン稼ぎ、別荘を購入。ギィ・シェレールと離婚。
1961年	26歳	ボブ・ウエストホフと再婚。『すばらしい雲』
1962年	27歳	息子ドニ誕生。
1963年	28歳	ボブ・ウエストホフと離婚。同居は続ける。
1965年	30歳	『熱い恋』
1968年	33歳	『優しい関係』
1969年	34歳	『冷たい水の中の小さな太陽』
1971年	36歳	避妊と中絶の権利を求める「三四三人の宣言」に署名。
1972年	37歳	ボブとの同居を解消。『心の青あざ』
1974年	39歳	『失われた横顔』『愛と同じくらい孤独』

1975年	40歳	膵臓炎の手術を受ける。以後アルコールを禁止される。『絹の瞳』
1977年	42歳	『乱れたベッド』
1978年	43歳	来日。
1980年	45歳	『厚化粧の女』
1981年	46歳	『愛は遠い明日』『赤いワインに涙が…』
1983年	48歳	『愛の中のひとり』
1984年	49歳	『私自身のための優しい回想』
1985年	50歳	ミッテラン大統領のコロンビア訪問に同行。高山病で重体に。『夏に抱かれて』
1987年	52歳	『水彩画のような血』『サラ・ベルナール　運命を誘惑するひとみ』
1989年	54歳	『愛は束縛』
1991年	56歳	『逃げ道』
1992年	57歳	『愛という名の孤独』
1994年	59歳	『愛をさがして』
1995年	60歳	コカイン使用・所持で有罪判決を受ける。
1996年	61歳	『Le miroir égaré』
1998年	63歳	『Derrière l'épaule』
2004年	69歳	9月24日、オンフルールにて心肺代謝不全で死去。69歳。家族や親しい人たちが眠る生地近くの墓地に埋葬される。

おもな参考資料

＊　2010年に書いた『サガンという生き方』を底本としています。

＊　本文中のサガンの言葉はおもに『愛と同じくらい孤独』『私自身のための優しい回想』『愛という名の孤独』『心の青あざ』から引用しました。

＊『サガン　疾走する生』
（マリー=ドミニク・ルリエーヴル著　永田千奈訳
阪急コミュニケーションズ　2009年）

著者のサガンという人を知りたいという想い、その想いが引き出す、人々の言葉。
生き生きとした評伝です。初めて知るサガンの姿がありました。

サガンの作品

◆ 小説

- 『悲しみよ　こんにちは』『ある微笑』『一年ののち』『ブラームスはお好き』
- 『すばらしい雲』『熱い恋』『優しい関係』『冷たい水の中の小さな太陽』
- 『心の青あざ』『失われた横顔』『絹の瞳』『乱れたベッド』『厚化粧の女』
- 『愛は遠い明日』『赤いワインに涙が…』『愛の中のひとり』『夏に抱かれて』
- 『水彩画のような血』『愛は束縛』『逃げ道』『愛をさがして』(以上新潮社)

◆ 戯曲

- 『昼も夜も晴れて』『幸福を奇数にかけて』(ともに新潮社)

◆ 伝記

- 『サラ・ベルナール　運命を誘惑するひとみ』(河出書房新社)

◆ インタビュー集・回想録

- 『愛と同じくらい孤独』『私自身のための優しい回想』『愛という名の孤独』(以上新潮社)
- 『TOXIQUE　毒物』(求龍堂)

◆ サガン以外

- 『五木寛之ブックマガジン　初夏号』(KKベストセラーズ)2006年
- 『サガン—悲しみよ　こんにちは』映画パンフレット
- 『エル・ジャポン　2009年7月号』『ラ・セーヌ　1986年創刊号　7月号』
- 『ボーヴォワールとサガン』朝吹登水子(読売新聞社)1967年

◆ 2008年12月に新潮文庫より河野万里子氏の訳による『悲しみよ　こんにちは』が出版されました。河野氏の「訳者あとがき」、そして小池真理子氏の解説「サガンの洗練、サガンの虚無」、あわせて魅力的な一冊です。

◆ 映画『サガン—悲しみよ　こんにちは』(角川エンタテインメント　2009年)
(ディアーヌ・キュリス監督、主演シルヴィ・テステュー)
DVDで鑑賞可能です。

山口路子（やまぐち・みちこ）

1966年5月2日生まれ。作家。核となるテーマは「ミューズ」、「言葉との出逢い」、そして「絵画との個人的な関係」。おもな著書に、美術エッセイ『美神（ミューズ）の恋～画家に愛されたモデルたち』（新人物文庫）、『美男子美術館』（徳間書店）、小説『軽井沢夫人』（講談社）、『女神（ミューズ）』（マガジンハウス）など。また、『ココ・シャネルという生き方』（KADOKAWA／新人物文庫）をはじめとする「生き方シリーズ」（サガン、マリリン・モンロー、オードリー・ヘップバーン、ジャクリーン・ケネディ、エディット・ピアフ）、そして「読むことで美しくなるシリーズ」は『オードリー・ヘップバーンの言葉』『マリリン・モンローの言葉』『ココ・シャネルの言葉』『ジェーン・バーキンの言葉』『マドンナの言葉』『カトリーヌ・ドヌーヴの言葉』（だいわ文庫）など、多くの女性の共感を呼び、累計35万部を超えた。新シリーズ『逃避の名言集』も話題となり版を重ねている。

山口路子公式サイト
http://michikosalon.com/

だいわ文庫

サガンの言葉《ことば》

著者　山口路子《やまぐちみちこ》

二〇二一年二月一五日第一刷発行
二〇二三年一月一日第二刷発行

発行者　佐藤 靖
発行所　大和《だいわ》書房
東京都文京区関口一―三三―四　〒一一二―〇〇一四
電話 〇三―三二〇三―四五一一

フォーマットデザイン　鈴木成一デザイン室
本文デザイン　吉村亮、石井志歩（Yoshi-des.）
写真　アフロ（P2、7、20、31、43、69、77、87、99、121、137、145、166、175、193、215）
本文印刷　信毎書籍印刷
カバー印刷　山一印刷
製本　ナショナル製本

ISBN978-4-479-30853-9

http://www.daiwashobo.co.jp